당신의
자리는
　　비워둘게요

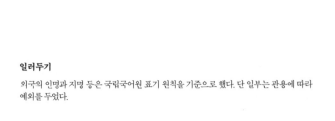

일러두기

외국의 인명과 지명 등은 국립국어원 표기 원칙을 기준으로 했다. 단 일부는 관용에 따라
예외를 두었다.

영화가 끝나고
도착한
편지들

당신의
자리는
비워둘게요

조해진·김현 지음

쩨창비
Media Changbi

영화는 편지처럼

편지는 영화처럼

'영화를 보고 편지를 쓴다.'

2년 전에는 무척이나 평범했으나 오늘에 와서는 사뭇 특별해진 한 문장에서 이 책은 시작됐습니다.

우리가 잃어버린 것.

영화와 편지는 어쩌면 그러한 것들에 관한 응답일지도 모릅니다.

잃어버린 사랑, 잃어버린 행복, 잃어버린 꿈, 잃어버린 믿음, 잃어버린 우정, 잃어버린 시절, 잃어버린 장소, 잃어버린 아이, 잃어버린 물체, 잃어버린 일상, 잃어버린 자연, 잃어버린 마음, 잃어버린, 잃어버린, 잃어버린…….

잃어버린 것에 관한 생각의 파도는 자연스럽게 잃어버려선 안 되는, 아직 잃어버리지 않은 것들에 가닿지요. 어딘가에 잃어버린 것들이 쌓여 이룬 섬이 있다고 상상하게 됩니다. 잃어버린 영화나 잃어버린 편지를 찾아 떠나는 항해는 결국 이러한 깨달음을 남기지요.

그것은 멀리 있지 않다.

조해진 소설가와 저는 2010년, 4대강개발사업반대를위한작가행동을 함께하며 가까워졌습니다. 투쟁을 위한 원고를 쓰고, 모으고, 연대와 결집을 위해 소심한 각오를 나누던 저희는 차츰 일상의 안위를 묻고, 맛있는 차와 고소한 빵을 나누고, 서로가 쓴 글을 응원하고(해진 누나는 첫 책에 괜한 미안함을 느끼고, 저는 첫 책이 나오길 손꼽아 기다리며), 걷고, 대화하고, 그런 '산책의 행복'에서 영감을 얻어 서로의 소설이나 시에 현과 해진 같은 인물을 등장시켰지요.

이런 저희는 수개월 동안 연락 한번 없이 지내기도 합니다. 생각해보면 조해진 소설가와 십 년을 알고 지내며 통화한 시간의 합이 대여섯 시간이 채 되지 않는 것 같고, 주고받은 문자 메시지도 적습니다. 휴대전화 톡 같은 건 해본 적이 있는지, 기억이 가물가물합니다. "둘이 친한 거 맞나요?" 하며 어떤 이는 저희의 '머뭇거리는 우정'을 아리송하다 하지만, 우정이라는 모험의 경로를 어느 누가 정확히 예측할 수 있을까요.

영화를 보고 편지를 쓴다는 문장 뒤에 '해진 누나와 함께'라는 말을 붙이는 순간, 기분 좋은 설렘을 느꼈습니다. 잃어버린 것을 찾아서. 그에게 묻고, 듣고, 답하고 싶은 것들이 많았습니다. 그것들을 제 마음속 영사기에 넣고 돌릴 때 어떤 이미지들이 '저 희고 먼 곳에' 펼쳐지게 될지 궁금했습니다.

이 우정의 기록은 두 사람이 주고받은 편지를 묶은 것이나, 그 편지들의 수취인이 '해진과 현'일 리 만은 없습니다. 이 책을 펼쳐 읽는 동안에는 누구나 저희와 우정을 나누게 되길 바랍니다. 시요일 앱에 편지를 연재할 당시 다정한 집배원이 되어준 이하나 편집자님께 가장 먼저 우정 어린 인사를 전합니다.

상영을 시작하겠습니다.

2020년 겨울
김현

차
례

프롤로그
영화는 편지처럼 편지는 영화처럼   004

1부
상영 시간표를 확인해주세요

그렇게, 우리는 가까스로 인간   012

겨울 예감   018

외로움도 번역이 되나요?   026

나의 얼굴과 너의 얼굴이 마주 보는 일   033

저토록 작고 연약한 생명 앞에서   040

바라보는 마음   046

환대하는 마음   053

같은 날은 다시 오지 않아요   059

Happy birthday dear our……   068

나는 살아 있습니다   074

마음이 동사와 일치하지 않을 때면   081

마음을 옮겨 나아갑니다   087

일하면 일할수록   094

능금 능금 능금 능금 능금 능금   100

이름이라는 첫인사   107

이야기 속에서 존재하는 것   114

같은 표정으로 같은 생각을   124

손가락을 움직여서, 씁니다   130

그렇게, 우리는 조금씩은 외계인   137

우리 삶이 영화가 된다면   144

2부

모모 님이라고 부를게요

우리 각자의 장국영   154

남겨진 것들을 위한 빛   162

여성이 여성을 구한다는 것   169

시라는 선생님   175

연애편지를 써본 적이 있나요?   181

사랑은 잠 못 이루는 밤   187

끝을 알고도 선택하는 마음이라면   193

답장을 기다립니다   199

추억 채집자의 임무   207

여름날의 추억   214

에필로그
허공의 영화관에서 만나요   220

동시 상영 중인 영화 목록   226

1부

상영 시간표를
확인해주세요

To

현

그렇게,

우리는 가까스로 인간

현아, 묻고 싶은 게 있어.

일어나서 내 얘기 좀 들어볼래?

인간은 아름답니?

무심결에 듣기엔 너무 무거운 질문인가. 그럼 이렇게 바꿔볼게. 신뢰와 사랑을 기준으로 인간에 대해 가질 수 있는 태도가 크게 두 가지라면, 너는 어느 쪽에서 시를 쓰고 일을 하고 일상을 사니? 그러니까, 인간은 저마다 아름다움의 조각을 지니고 있다고 여기며 온기 있는 시선으로 바라보는 쪽이니, 아니면 인간이야말로 어리석고 추하다는 생각과 함께 싹트는 회의와 냉소의 편이니?

다큐멘터리 영화 「폴란드로 간 아이들」(2018)을 보며 나는 추상미 감독이 인간을 진심으로 사랑한다고 생각했어. 감독 자신이 엄마가 된 이후로 우울증을 경험했고 그 경험을 계기로 북한의 방치된 아이들에게 관심을 갖게 되었다고 했지. 그 관심은 다시, 한국전쟁 당시 북한이 동맹국이던 폴란드에 위탁한 1,500여 명의 전쟁고아들의 흔적을 추적하는 장편영화로 확대되었고 말이야.

영화를 보고 나서야 감독이 영화를 찍으면서 우울증과 불안함을 치유할 수 있었다는 인터뷰를 읽었어. 너도 알지, 병이란 소모적인 것임을. 몸과 마음을 소진하고 이기적인 성향은 그 어느 때보다 짙어지지. 병을 앓는 중에 타인에게 공감하고 그 공감을 자신의 창작물에 투사한다는 것, 그건 아마도 철인삼종경기보다 힘들 거야. 고난이도 요가 동작보다, 득음하는 것보다, 세상 그 어떤 일보다.

그리고 또 한 명의 중요한 인물, 송이. 추 감독이 따로 준비하던 극영화 오디션에 참여했다가 폴란드행에 동참하게 된 탈북인 송이는 내게는 어쩔 수 없이 '로기완'(『로기완을 만났다』창비 2011)을 떠올리게 했어. 송이와 로기완은 북한 출신이고 조국을 잃었고 가족을 지키지 못했다는 상처를 가지고 있으니까. 게다가 폴란드라는 교집합까지 있었어. 내 생에서 유일하게 외국 생활을 해본 나라이자 탈북 난민 로기완이 주인공인 소설의 초고를 쓴 곳……. 송이가 나오고부터, 아니 송이와 추상미가 폴란드의 여러 도시를 누비면서부터 나는 이 영화에서 내 소설을 분리하는 것이 사실상 불가능해졌어. 그래서인지 내가 이 영화를 보면서 가장 숨을 죽인 장면은 송이가 지금은 헤어진 남동생을 이야기할 때였는데, 왜냐하면 나의 로기완 씨도 어머니의 죽음에 빚을 진 채 폴란드로 갔으니까, 조금씩 차오르던 그 슬픔은 이내 경이로움으로 바뀌었지. 그래, 놀라웠어.

스크린 안 '배우' 추상미는 아픈 기억을 떠올린 송이가 여행의 목적을 잊은 채 배회하는 것을 내버려두었고, 스크린 밖 '감독' 추상미는 (아마도) 송이의 고백으로 물들었을 어느 밤의 이야기를 필름에 담지 않았어. 추상미는 이 지점에서 진정 존경할 만한 예술가라고 나는 생각했는데, 그건 배우이자 실존 인물인 송이에 대한 예의가 고스란히 전해져서였어.

유사한 생각을 했던 적이 있는데, 라즐로 네메스 감독의 「사울의 아들」(2015)을 볼 때였지. 「사울의 아들」은 아우슈비츠 수용소에서 시체를 처리했던 사울이 주인공이기 때문에 수많은 시체가 나올 수밖에 없는 영화였어. 그런데 감독은 그 시체들에 카메라를 들이미는 대신 사울의 일인칭시점으로 시야를 제한하고 철저하게 아웃 포커스를 하지. 시체가 소품으로 소비되는 걸 용납하지 않겠다는 듯, 시체로부터 비롯되는 자극적인 이미지를 한 줌도 허락하지 않겠다는 듯…….

나는 비록 영화 이론을 전문적으로 공부한 적이 없는 사람이지만, 이 영화를 보면서 기법이 곧 주제인 영화적 경지를 배운 듯했어. 소각장에서 불태워진 뒤 근육과 뼈와 장기는 연기가 되고 남은 가루는 강물에 버려지는 시체일 뿐이지만, 그렇게 덧없이 소멸하는 무기질일 뿐이지만, 그 시체도 한때는 인간이었으므로 함부로 시각화하지 않겠다는 의지에는 홀로코

스트 희생자에 대한 이 영화의 메시지가 포함되었을 테니까.

그래서, 폴란드로 간 1951년의 '아이들'은 어떻게 되었더라.

사실 그 아이들은 이제 폴란드에 없지. 아이들은 전쟁이 끝나고 얼마 뒤 모두 본국으로 송환되었으니까. 그리고 그 아이들은 이제 노인이 되었거나 세상을 떠났을 테니까. 그러나 영화에서 이 사실은 전혀 중요하지 않지. 추상미와 송이가 찾던 것은 북한 고아들의 생사 여부나 그들이 추억하는 폴란드가아니라, 그들과 폴란드인 교사들의 유대였을 테니까. 아니, 그 유대 역시 어쩌면 이 영화의 진정한 성과가 아닌지도 모르겠다. 아이를 낳고 우울증을 겪던 40대 한국인 여성과 커다란 상처를 안고 남한에 편입한 탈북인 송이는 카메라가 돌아가는 동안 이미 그들이 찾던 유대를 맺었으니까. 그들은 서로에게 한 시절을 들어준 유일한 청자였으니까.

현아, 그럼 다시 처음의 질문으로 돌아가도 될까?

어쩐지 편지 바깥에서 너는 이미 항복한 듯 난감하게 웃고 있을 것만 같다. 하긴, 인간이 아름다운지—혹은 인간을 아름답게 보는지—의 기준은 모호하고 우리의 생각이나 신념은 가변적이지. 어제와 오늘의 나는 다른 사람일지도 모르고, 아침과 저녁 사이에도 우리는 유빙인 듯 먼지인 양 생각과 생각 사이를 표류하는 존재들이니까. 고민하고 방황하고 배회하는 과정 안에서 우리는 가까스로 인간일 테니까.

그리고 우리에게는 인간에게 냉소적인 농담을 건넬 줄 아는 홍상수와 인간에 대한 따뜻한 믿음을 버리지 않는 고레에다 히로카즈를 모두 볼 권리가 있으니까.

오늘 저녁엔, 그렇게 생각할게.

추신 ──────────────────────────────

폴란드에서 살아본 경험 때문에 영화에 나오는 지명들이 낯설지 않았어. 머문 기간은 일 년이 채 되지 않았고 그 나라를 떠나온 지 오래됐지만, 그래도 이런 이야기는 해줄 수 있어.

폴란드를 여행한다면 크라쿠프를 절대 놓쳐선 안 된다고. 크라쿠프는 예술의 도시답게 활기차고, 특히 봄날의 날씨는 꿈의 은유 같기만 해. 발트해 연안의 항구 도시로 야경이 정말 아름다운 그단스크 역시 놓치지 마. 나는 십여 년 전 초겨울에 그단스크 거리를 걸었지. 물안개에 잠식된, 마치 거인이 입김을 불어 안온하게 가둬놓은 듯한 그 뿌연 밤거리를 나는 지금도 가끔 꿈속에서 걷곤 한다.

To

해진

겨울 예감

출근길 지하철에서 씁니다.

누나는 아직 꿈나라겠죠? 저는 오늘도 새벽에 일어나 시를 한 편 적고, 헐레벌떡 씻고 집에서 나왔습니다. 이런 저는 가련한 시인인가요, 노동자인가요, 인간인가요. 지금, 이 순간 폴란드 그단스크 항구의 밤거리와 물안개와 야경은 얼마나 더 근사하게 여겨지는지요.

작년 이맘때 '일찍 일어나는 새가 피곤하다'라는 사실을 깨쳤습니다. 저는 주말에도 이른 아침부터 일과를 시작하곤 했는데, 이제는 그 시간에 더 잡니다. 아침잠이 많은 사람이 적은 사람보다 훨씬 더 행복한 사람이라고 믿고 있어요. 주기적으로 겨울잠을 잔다는 강성은 시인을 본받자 마음먹고 부지런히 하루를 시작하는 '능률적인 인간'에서 점차 거리를 두는 중입니다.

집안의 누구보다 일찍 일어나 부산히 움직이던 저희 엄마는 몇 해 전부터 무릎 관절이 나빠져 누구보다 느릿느릿한 사람이 되었습니다. 한 사람이 늙어감에 따라 빠름의 생체 시계는 고장 나고 느림의 생체 시계를 장착하게 되는 건 무척 순리적인 일이지요. 인간은 느려지면서 자연에 가까워집니다. 삶보다는 죽음이 훨씬 더 자연에 가깝지요.

저는 요즘 안식에 대하여 자주 생각합니다. 안식일의 평화에 대해서요. 가까이 어울려 지냈던 친구의 죽음 때문입니다. 산다는 건 기쁨의 흔적들을 남기는 일이며 그런 것들이 살아남은 자들의 슬픔을 중화시키기도 한다는 사실을 처음으로 체감했습니다. 가까운 사람이 홀연히 떠나는 슬픔을 앞으로 몇 번이나 더 경험하게 될까요?

지난밤 짝꿍은 잠에서 깨어 그 친구가 꿈에 나왔다고, 어깨를 들썩이며 울었습니다. 짝꿍의 등을 어루만져주면서 감히 '우리의 삶'을 갸륵하게 여겼습니다. 한 사람이 한 사람의 "유일한 청자"가 되어주는 일을 사랑이라고 말한다면 어떨까요.

지난여름에 누나와 에리크 로메르 감독의 「겨울 이야기」(1992)를 보았지요. 사소한 실수로 엇갈린 두 남녀가 기적처럼 만나게 되는 영화. 아니 기적이라기보다는 한 여성의 예감, 비논리, 운명에의 믿음이 뭇사람의 예측, 논리, 현실에의 요구를 넘어서 결국에는 재회를 이루어내는 영화지요. "희망을 품고 사는 게 가치 있는 삶이라고 생각해"라는 주인공의 말을 기억합니다. 희망은 예측보다는 예감과 더 비슷한 단어구나, 영화를 보며 생각했어요. '예감을 품고 사는 게 가치 있는 삶이라고 생각해'라고 말을 달리 해보았습니다.

오늘날 우리는 컴퓨터와 휴대전화에 종속된 '예측의 노예'들이잖아요. 예감을 믿는 인간이란 희귀종이지요. 문학 역시 예측의 산물이라기보다는 예감의 산물에 가깝습니다. 그렇기에 시인은, 소설가는 뭇사람 편에서는 어쩐지 현실에서 붕 떠 있는 사람처럼 보이지요. 휴가지에서 나눈 열렬한 사랑을 운명으로 여기고 언젠가는 상대를 다시 만나리라는 예감을 삶의 심지로 삼은 펠리시. 그는 글을 쓰는, 예술하는 인간과 닮지 않았나요? 그 변덕과 자기애와 고집도요.

「폴란드로 간 아이들」 역시 추상미라는 인간, 여성, 어머니의 '우울한 예감'으로 시작된 영화지요. 주요 인물로 등장하는 송이 역시 예감에 휩싸여 있습니다. 언젠가는 남동생을 다시 보게 되리라는 '슬픈 예감'을 믿으며 송이는 남한에서의 삶을 부러 더 기쁘게 받아들이려 애쓰지요. 그렇기에 저는 송이의 환한 얼굴보다 송이의 무표정이, 감독의 요청을 단호하게 거절하는 송이의 얼굴이 좀 더 송이의 본질처럼 느껴졌습니다. 송이가 어떤 삶을 살게 될지 예감해보았습니다. 온화하기만한 삶은 아니겠지요.

며칠 전, 우연히 한 청년을 만났습니다. 그가 탈북인이라는 말을 꺼냈는데 무심결에 아, 탈북인이셨군요, 라고 대꾸했습니다. 그는 쓸쓸한 미소를 지어 보이며 말하더군요. 남한에서 원하는 탈북인의 모습은 정해져 있는 것 같다고요. '탈북인'

하면 무조건 체제 부적응자로 인식되지 않았으면 좋겠다는 말을 전하며 그는 자신의 대학 생활, 대학원 생활, 단란한 가정사, 그리고 밝고 씩씩한 탈북인 청년들의 남한 정착기를 거듭해 들려주었습니다. 예측이 빗나갈 때 새삼 돌아보게 되는 것도 많지요.

해진 누나, 누나가 제게 건넨 물음이 언젠가는 제가 누나에게서 받게 되리라 예감한 질문이라고 한다면 믿으실래요? 누나의 소설들은 항상 '인간은 아름답니?'라고 묻잖아요. 그리고 저는 늘 답해요. 인간은 아름다울 수 있다. 아무래도 저는 인간은 아름다워야 한다고 여기는 쪽인 것 같아요. 이런 생각은 어리석고 추한 것일까요?

불현듯, 죽고 싶지만 소설은 쓰고 싶다는 청소년 성소수자를 만났던 일이 생각납니다. 저는 멘토가 되어 그에게 구십구 방울의 슬픔이 아니라 한 방울의 기쁨을 더 소중히 여기며 소설을 쓰면 좋겠다고 말해주었습니다. 저 역시 그렇게 믿고, 쓰고 있다고요. 제 말은 그에게 적확했던 것이었는지. "인간은 아름답니?" 하고 묻는다면 그는 어떤 대답을 할까요.

어제는 퇴근하며 '크리스마스에 눈이 올까' 하고 읊조렸습니다. 크리스마스를 앞두고 때맞춰 이런 물음을 떠올릴 수 있다는 것만으로도 인간은 찬란해집니다.

만 스물네 살의 비정규직 발전노동자였던 김용균 씨의 생전 모습을 동영상으로 보았습니다. 부모님이 사준 양복을 입고 새 구두를 신고 수줍게 웃으며 허리에 두 팔을 올리고 뽐내던 그 모습은, 아름다웠습니다. 감히 그렇게 말하고 싶었습니다. 인간을 인간 취급하지 않는, 사람의 목숨보다 컨베이어 벨트의 안위를 걱정하고 발전의 원동력을 점검하는 인간들에게 묻고 싶었어요. 인간은 아름답습니까? 김용균 씨도 크리스마스에 눈이 올까, 하고 그 먼지 구덩이에서 빛을 밝히며 잠시 생각했기를……. 저는 인간이라면 누구나 희망을 품고 살아야 한다고 믿을래요.

혹시 제가 에리크 로메르 감독의 '계절 연작' 중에서 굳이 「겨울 이야기」를 고른 이유를 말해주었던가요? 누나가 물었던가요? 제가 초여름에 굳이 이 영화를 보고자 한 이유는 '로메르의 영화 중 가장 행복한 결말을 보여주는, 오랜 기다림 끝에 신이 내린 축복처럼 아름답고 소박한 사랑의 기적을 선사하는 작품'이라는 소개문 때문이었어요. 행복한 결말, 신이 내린 축복, 아름답고 소박한 사랑의 기적 같은 문구는 연약한 인간을 강인하게 하지요. 그래서 그날, 영화를 본 뒤 청계천을 걷다가 종로3가 전 집에 가서 누나와 제가 그토록 맛있게 빈대떡을 먹었겠지요. 기름에 빈대떡 지지는 냄새는 언제라도 인간을 아름다울 수 있게 합니다.

누나, 저는 오늘 점심에는 구수한 것을 챙겨 먹었고, 오후에는 회사 송년회에 참석합니다. 저녁에는 해방촌 고요서사에서 낭독을 하고요. 밤에는 또 쓰겠지요. 묻겠지요. 늦게 자는 새도 피곤하겠지요?

<hr>

추신

「폴란드로 간 아이들」을 보는 내내 저 역시 '로기완'을 떠올렸습니다. 폴란드의 어떤 풍경이, 폴란드에서의 어떤 경험이 누나가 로기완을, '전 세계의 아우슈비츠'에서 살아남은 인간들을 만날 수 있게 하였는지요.

폴란드로 떠나기 전에 누나는 막연히 희망했었죠. 쓸 수 있기를, 끝을 내지 못하더라도 일단 쓰고 나서 절망하기를, 한 사람을 완벽에 가깝게 이해하기를, 하고요. 그 예감은 '폴란드라는 시간'을 통과해 결국 한 권의 책이 되었습니다. 아름답고 소박한 기적이라고 부를 만하죠.

해진 누나. 저는 오늘 새벽에 어떤 예감을 이런 시구절로 적

없습니다.

　　눈이 녹으면 사람들은/다시 눈을 기다린단다

저의 예감은 따뜻한 것이었을까요, 차가운 것이었을까요?

To

현

외로움도

번역이 되나요?

바야흐로 겨울의 한가운데입니다.

시인님의 편지 「겨울 예감」을 읽으며 겨울잠이라는 분야에서 만큼은 나도 강성은 시인님에게 지지 않을 텐데, 혼자 중얼거렸답니다. 물론 그 승부는 영원히 판정이 불가능한 강성은 시인과 저의 비밀로 남겠지만요. 겨울에 잠자는 시간이 길어지는 이유는 이 시기에 유독 일이 몰린다거나 피로가 깊어져서는 아닙니다. 저혈압군에 속하긴 하지만 걱정할 만한 수준은 아니고 겨울에만 발병하는 모종의 질병을 앓고 있는 것도 아니고요.

그저, 우울할 뿐이에요.

찬바람이 불면 우울이 찾아오는데, 우울감이 지배하는 시기가 대개 그렇듯 의욕 없는 상태가 한동안 이어집니다. 가을까지는 매일 읽고 쓰자는 원칙을 어떻게든 지키는 편이어서 밖에서 맥주를 마시고 온 날에도 노트북을 켜놓거나 읽던 책을 펼쳐놓은 채 씻고 정리하고 고양이들의 식사를 살피는데, 이상하게 11월 말쯤부터는 그렇게 지켜온 일상이 처참할 정도로 무너지기 시작합니다. 늦잠은 기본이고 책을 읽고 원고를 쓰는 일에 좀처럼 몰두할 수 없는 상태가 되곤 하죠. 아무것도 읽거나 쓰지 않고 지나가는 날들이 쌓여가는 건 물론이고요. 한마디로 행복이나 능률 같은 멋진 단어를 사유하거나 고민할 염치도 없는 존재가 되는 것입니다. 겨울에는 우울감을 다스리는 호르몬으로 알려진 세로토닌이 덜 생성되어서, 라는 의학적인 설명을 부정하지는 않지만 절박하게 동의하지도 못하겠어요. 누구에게나 그런 마음이 있겠지요, 그러니까 모든 감각이 근원적인 회의로 이어지는 우울감이 의학적으로 설명되는 것에 무슨 이유에서인지 거부감이나 굴욕감을 느끼는 작은 마음이⋯⋯.

그런데, 인간의 우울은 어디에서 오는 걸까요?

어느 겨울 저녁에, 의욕 없는 상태에서 간신히 벗어나 옷을 차려입은 뒤 시내에 있는 극장에서 영화 친구인 김내리 편집자님과 토마스 슈투버 감독의 「인 디 아일」(2018)을 보면서 저는 다시 한번 생각하게 됐습니다. 우울은 외로움에서 오는 것이라고요. 외로움, 시인님은 외로움과 싸워 이긴 적이 있나요? 아니, 인간이 외로움과 싸운다는 것 자체가 가능하기나 한가요?

「인 디 아일」은 대형 슈퍼마켓에 입사한 주인공 크리스티안이 그곳에서 일을 배워가고 사랑을 예감한다는 평범한 줄거리를 따릅니다. 줄거리는 평범하지만, 크리스티안뿐 아니라 그와 사적인 관계를 맺는 브루노와 마리온 역시 비밀 한 가

주택가에 위치한 고요한 극장 에무시네마에서 나는 자주 혼자 영화를 봤다

(에무시네마 1층 커피숍에서 구매한 대동강 맥주와 함께).

지씩을 갖고 있다는 것이 이 영화의 매력입니다. 크리스티안은 지금은 말소된 전과 기록을 숨기고 있고, 선임인 브루노에게는 실체 없는 가상의 아내가 있으며, 크리스티안이 사랑을 느끼는 마리온은 남편의 폭력을 감당하고 있죠. 네, 맞아요, 모두가 외로운 사람들이에요. 그들의 각기 다른 비밀은 저마다의 외로움을 번역한 결과라고, 어두컴컴한 객석에 앉아 저는 생각했습니다. 겹쳐 떠오르는 인물들이 있었는데, 노선이 정해진 버스를 몰면서 발표할 욕심 없이 시를 쓰는 패터슨(『패터슨』 2016)과 가상의 친구와 노년의 불안을 공유하는 레오(니콜 크라우스 『사랑의 역사』, 민은영 옮김, 문학동네 2020)였죠. 또한 삶이 무의미하다는 생각조차 생각하지 않고 대신 연말을 함께 보낼 애인을 찾는 사무직 직원 E(김엄지 『주말, 출근, 산책: 어두움과 비』 민음사 2015) 같은 인물도 생각이 났습니다.

사실 크리스티안을 보며 시인님을 떠올리기도 했습니다. 알람 소리에 일어나 출근길에 오르고 출근한 뒤엔 일정 시간 일해야 하며 퇴근한 뒤엔 귀가하여 잠을 자는 노동자의 일상을 시인님도 피해 갈 수 없을 테니까요. 「인 디 아일」을 함께 본 김내리 씨도 마찬가지고요. 알다시피, 저는 정시에 출근해야 하는 사람은 아닙니다. 서른 살 무렵부터 해온 강의도 작년부터 스스로 '안식년'을 선언하면서(물론 시간강사에게 안식

년은 가상의 아내나 친구 같은 개념이긴 합니다) 쉬고 있는 형편
이지요.

「인 디 아일」을 본 뒤로 각자 다른 방식으로 살아가는 김현과
김내리와 나의 외로움은 이 겨울에 어떻게 번역되고 있을까,
생각하곤 했습니다. 일단 시인님은 출근할 곳이 없는 저를
부러워할 것이 분명합니다. 근데 뒤이어 제가 아무리 긴 겨울
잠을 자고 일어나도 행복해질 희망을 갖지 못하겠다고 말한
다면, 말해버리고 만다면, 시인님은 어떤 표정을 지어 보일까
요? 아마도 슬퍼하겠죠. 그러나 단단한 사람이 대개 그렇듯,
슬픔은 짧을 것입니다.

대신 시인님은 말해주지 않을까요? 그럼에도 불구하고 희망
을 가져야 한다고, 그것이 남겨진 자들의 몫이라고, 세상은
죄 없는 자의 피로 얼룩진 컨베이어 벨트의 확대판에 지나지
않고 멀리서 보면 우리 역시 그 컨베이어 벨트를 돌아가게 하
는 부품일 뿐이지만 대신 우리에게는, 권력도 돈도 없는 소박
한 우리에게는, 그것을 관조하고 슬퍼하고 기록할 수 있는 감
각과 문장이 있으며 그것이 곧 희망이라고⋯⋯.
어쩌면 내 슬픔을 잠시 시인님 집에 갖다놓겠다고 할까요?
최근에 시인님은 "우정이란 그의 집에 찾아온 슬픔을 내 집

으로 불러들이는"(『당신의 슬픔을 훔칠게요』 미디어창비 2018) 것이라고 썼으니까요. 그 문장이 제게 위안이 되었다는 걸, 이제야 밝힙니다.

추신

이번 편지에는 존대의 표현을 써봤습니다.

참 이상하죠? 존대란 마음에서 나오는 것이고 마음은 표현되지 못할 때가 많은데, 한낱 어말 어미로 존대하는 마음의 유무를 결정하다니요. 제가 문단에서 알게 된 사람들 중에 말을 놓고 이야기하는 사람은 동갑내기 시인과 소설가 한 명씩을 제외한다면 시인님밖에 없는데, 그렇다면 저는 지금껏 김현 시인만큼은 존대하지 않았다는 얄궂은 오해도 가능한 걸까요. 그런 오해는 퍽 억울합니다. 어쩌면 그것이 못내 억울해서 이토록 낯간지러운 어법으로 편지를 쓴 것인지도 모르겠어요.

편지를 마치며 마지막으로 어머님의 안부를 물어요. 그리고 너무 이른 나이에 세상과 작별한 친구분께 두 손 모아 삼가 고인의 명복을 빕니다. 고생했으니 이제 편히 쉬라고, 어느 바람결에 전해주세요, 시인님…….

To

해진

나의 얼굴과 너의 얼굴이

마주 보는 일

강릉에서 정동진으로 가는 총알택시 안에서 누나의 편지를 읽고 있어. 이토록 무서운 기세로 속력을 내는 이동 수단에 몸을 싣고 있노라니 살고 죽는 게 정말 한순간이라는 생각을 하게 된다. 인간의 외로움이나 우울도 이런 광폭한 질주 속에서는 쉬이 휘발되는 게 아닌지. 오늘날 우리가 그토록 속도에 집중하는 것도 그런 이유에서가 아닌지 벌벌 떨며 헤아려보는 중이야.

해진 누나, 나도 이젠 인간은 외로움과 싸울 수 없다고 봐. 인간이 외로움에 포함되어 있음을 알게 되었다고 할까. 돌이켜보면 어린 시절의 나는 외로움과 싸워 이기려고 했어. 그건 아마도 나 스스로가 외로움의 근원을 오인해서였던 것 같아. 나는 외로움이 타인으로 인해 생겨나는 것인 줄 알았어. 타인이 내 존재를 거부하고 있고, 타인에게 내 존재를 인정받아야 한다고 믿었다고 할까. 그런 탓에 '나'가 아니라 '우리'를 이룩하려고만 애쓰며 살았어. 누군가를 만나고, 손을 잡고, 입을 맞추고, 한 사람의 다정한 연인이 되기만을 꿈꿨지. 그게 인생의 전부였다고 해도 과언이 아니야. 우스운 건 그런 끓어오르는 욕망을 가졌음에도 내가 먼저 누굴 찾아 나서본 적이 거의 없다는 거지. 누군가가 나를 먼저 발견해주길 원했어. 기다렸지. 그가 나에게로 와서 손 내밀어주기를……. 그렇지만 누나, 그런 영화적인 만남은 쉽게 벌어지지 않잖아.

이성애자인 친구들이 하나둘 짝을 찾아 연인이 되고 종종 우정을 등한시할 때마다 호통을 쳤어. 사랑이냐, 우정이냐. 별안간 친구들과 연락을 끊기도 했고, 아무렇지도 않게 돌아와 그간의 안부를 묻기도 했지. 외로움과의 사투는 변덕을 초래하더라. 우습지?

그뿐이 아니야. 누가 뒤에서 등을 떠민 것도 아닌데 바지런을 떨면서 나를 가만두지 않았어. 외로움을 이기려고 몸을 썼지. 어리석게도 그때 나는 말이야, 외로움은 느린 사람에게, 가만히 서 있는 사람에게, 우두커니 앉아 있는 사람에게, 발길을 잘 떼지 않고 한곳을 응시하는 사람에게, 멈춰 있는 사람에게 찾아오는 거라고 믿었어. 활력이 넘쳤지. 근데 외로움과 끝나지 않을 것 같은 결투도 다 힘이 남아돌아야 할 수 있는 거더라. 머리에 새치가 하나둘 생기고 보니 외로워서 뜨거웠던 시절은 지나갔구나, 하고 나를 홀로 세워두게 되더라. 비로소 고독해지더라. 내가 아니라 네가 보이고, 들리고, 느껴지더라. 아, 저이는 지금 얼마나 외로울까, 하고.

누나, 이 겨울에 나는 타인의 외로움이나 우울을 번역하는 데에 마음 쓰고 있어. 다가가서 물어보곤 해.

너는 누구니?

어디서 왔니?

누나, 서로 얼굴을 마주하고 앉는 것이 외로움과 잘 사귀어 지내는 방법이더라.

얼굴 때문에 오래 기억에 남는 영화들도 있지. 오늘 본 「패딩턴」(2014)이 그랬어. 영국 작가 마이클 본드의 원작을 영화화한 작품인데, 집을 잃고 고향인 페루를 떠나 홀로 영국으로 온 어린 곰이 패딩턴역에서 우연히 브라운 씨네 가족을 만나면서 그들의 가족으로 거듭나는 이야기야. 맞아, 믿기 힘든 얘기지.

페루에서 영국으로 무사히 입국한 곰이라니, 말하는 곰이라니, 오렌지 마멀레이드를 좋아하는 곰이라니, 탐험가 모자를 쓰는 곰이라니, 모자와 머리 사이에 샌드위치를 넣어 다니는 곰이라니, 칫솔로 귀를 청소하는 곰이라니, 진공청소기를 이용해 벽을 타는 곰이라니, 공손하고 바르면서도 사고뭉치인 곰이라니.

그런데 누나, 극 중에서 메리 브라운 역을 맡은 샐리 호킨스가 패딩턴역에 홀로 남겨진 어린 곰을 향해 다가갈 때, 그녀의 얼굴이 클로즈업되어 화면에 꽉 찰 때, 너는 누구니, 어디서 왔니, 묻는 그 얼굴이 말이야, 모든 '허구'를 '사실'로 만들어버리더라. 믿게 돼. 아, 패딩턴이라는 이름의 작은 곰은 이 세상에 존재하는구나. 그때 샐리 호킨스의 얼굴은 인간의 외로움과 우울과는 완전히 거리가 먼 얼굴이지 뭐야. 호기심으로, 동심으로, 모험심으로, 다정함으로 가득 찬 얼굴이 해내는 거더라. 시작부터 외로움을 이겨내. 놀랍게도 응원하게 되지. 어서 빨리 서로의 외로움을 번역해주세요(후에 메리 브라운 역시 패딩턴 덕에 '모험의 얼굴'을 되찾게 돼. 외로움은 모험하며 사라지는 것이기도 하더라).

그러고 보면 샐리 호킨스라는 배우는 환상을 사실처럼 만드는 능력을 타고난 것 같아. 기예르모 델 토로 감독의 「셰이프 오브 워터: 사랑의 모양」(2017)의 신비한 판타지도 샐리 호킨스가 아니었다면 쉬이 이해될 수 없었겠지.

목소리를 잃은 청소부 엘라이자 역을 맡은 샐리 호킨스가 말없이 눈빛만으로 너는 누구니, 어디서 왔니 하고 물으며 정체를 알 수 없는 생명체에게 다가갈 때 보는 이들은 무장해제되고 말아. 그 얼굴이 이미 사실이니까. 한마디 대사도 없이 작은 몸짓이나 눈빛만으로도 감정을 전달하며, 외롭고 힘없는 여성에서 사랑의 역사를 완성하는 주인공으로 거듭나는 엘라이자에 빠져드는 건 모두 샐리 호킨스의 얼굴 때문이지.

누나, 외로운 사람은 외로운 얼굴을 잘 찾아내는 걸까?

마이클 본드는 1956년 크리스마스이브에 패딩턴역 근처의 한 가게에 홀로 남아 있던 곰 인형을 보고 '패딩턴'이라는 캐릭터를 구상했다고 해. 또한 그는 한 인터뷰에서 패딩턴 캐릭터를 창조할 때 제2차세계대전 중 피난길에 버려진 유대인 아이들을 떠올렸다며 어떤 의미에서 패딩턴은 난민이라고 전하지. 영국 사람들이, 전 세계의 많은 사람이 패딩턴이라는 캐릭터를, 이 '어린 난민'을 환대하는 가족의 이야기를 좋아하는 건 아마도 그 속에 담긴 다정한 마음이 고스란히 전해져서겠지. 쓰다 보니 마이클 본드의 얼굴과 샐리 호킨스의 얼굴이 닮았다는 생각이 든다. 인간의 우울은 인간의 다정함 앞에서는 쉬이 휘발되고 말지. 그래서 오늘날 우리는 다정한 인간을 가까이 두고자 끝도 없이 사랑과 우정을 찾아 헤매는 거겠지. 그 온기를 나누어줄, 나누어 가질.

나는 이제 놀란 가슴을 쓸어내리며 짝꿍과 함께 '정동심곡바다부채길'을 걷고 있어. 바다와 기암절벽으로 이루어진 이 길을 어느 봄날엔가 누나와 함께 걸어도 좋을 것 같다고 말한다면, 한겨울 누나의 우울함이 멀리 도망갈까. 누나가 다정한 사람들과 겨울잠에서 깬 곰처럼 봄날의 해변을 거닐게 되기를 소망해봐. 잠꾸러기 강성은 시인과 누나가 앞서거니 뒤서거니 하며 걷는 모습은 상상만으로도 재밌다.

누나. 멀리 떨어져서, 자연에 심취해 있는 짝꿍의 얼굴을 물끄러미 바라보고 있자니 읊조리게 된다.

이리 와. 외로운 사람아.

추신 ────────────────────

만약 누나가 누나의 슬픔을 잠시 우리 집에 맡겨놓는다면, 나는 그 슬픔에 '나뭇잎'이라는 이름을 붙여주고 싶어. 누나 곁에서 누나의 외로움을 응시하고 야옹, 소리 내어주는 한 마리 작은 짐승의 이름이 나무니까. 내가 만약 누나에게 내 기쁨을 잠시 맡겨놓는다면, 누나는 그 존재에게 어떤 이름을 붙여줄래?

누나, 오늘은 이런 문장을 시에 적어보았어.

텅 빈 언어 속에 불을 밝히고/마주 앉아 있는 너는/아직 언어로 구성되어 있지 않다

To

현

저토록 작고 연약한

생명 앞에서

어느새 겨울은 끝나가고 겨울잠에 빠져 있던 곰 한 마리도 이제 조금씩 예전의 리듬을 찾아가는 중이야.

나 또한 세상의 시계와 보이지 않는 선으로 연결된 태엽 중 하나일 테니까, 자연의 리듬을 거스르기에는 아직 젊을 테니까. 너는 어떠니? 다가오는 봄의 소리를 듣곤 하니?

너의 편지를 읽고 너는 누구니, 어디서 왔니, 묻는 다사로운 눈빛을 계속해서 떠올려보곤 했어. 타인으로서의 나를 환대하는 눈빛을 경험한 건 언제가 마지막이었더라. 나에게도 스스럼없이 모르는 얼굴에 내 얼굴을 들이밀며 그 존재의 모든 것에 대해 순수하고도 호의적인 관심을 가져본 적이 최근에 있던가. 아무려나 너의 편지를 읽은 날 저녁에는 찬바람 속을 걷는데도 춥지 않았고 귀가하는 길 위에서는 허밍이 나올 만큼 설렜는데, 그건 아마도 그때껏 보지 못한 「패딩턴」 때문이었을 거야. 보고 싶은 영화가 한 편 더 생겼으니까, 집으로 돌아가 노트북을 들고 담요를 뒤집어쓰면 그 영화 속으로 들어갈 수 있을 테니까.

그리고 그날, 패딩턴 씨를 만났지.

너의 말대로 말을 할 줄 알고 오렌지 마멀레이드를 좋아하고 칫솔로 귀를 청소하는, 공손한 사고뭉치인 동시에 더없이 귀여운 패딩턴 씨를 버려진 유대인이나 난민으로 환치하여 바라보자 감독이 지향하는 세계가 참 크다는 것을 알 수 있었어. 현실은 얼마나 작은가. 얼마나 작고 가난한가. 난민이나 불법 체류자와 관련된 뉴스에 달리는 대부분의 댓글들에는 한 치의 관용도 없고 어떤 사람들은 그들을 추방하라며 촛불을 들고 광장에 모이기도 하잖아. 난민을 태운 조각배는 표류하고 그들이 제출한 난민신청서는 대부분 폐기되지. 자본과 각종 경제지표는 국경 없이 유동하며 공유되는데, 여권과 비행기 티켓만 있으면 한나절 만에 다른 대륙으로 이동할 수도 있는데, 어째서 돌아갈 나라가 없다거나 먹을 것이 없다는 불안, 혹은 아이를 아이답게 키우고 싶다는 소망은 보듬어지지 않는 걸까. 넘나들지 못하고 차단되기만 하는 걸까.

이번 달에는 극장에서 나딘 라바키 감독의 「가버나움」(2018)과 알폰소 쿠아론 감독의 「로마」(2018)를 보았어. 여러 동생의 '입'을 책임지고 있지만 출생신고서나 신분증이 없어서 사회적 유령이기도 한 자인과 충실한 가정부로 살아가면서도 진짜 자기 삶은 소유해본 적 없고 소유할 기회도 빼앗기는 클레오의 이야기를 담은 영화였지. 부모의 보호 아래서 학교를 다녀야 하는 나이에 길 위에서 노동하며 어른들의 온갖 폭력에 노출되어 있는 자인, 그리고 임신과 출산을 통해 한 가정을 이루고자 했지만 아이의 생물학적 아비로부터 '더러운 하녀 주제에'라는 비인간적인 말을 들어야 했던 클레오, 그들을 보며 인간이 이렇게까지 비참해도 되는 것인지 알 수 없어서 한동안 괴로웠어. 자신을 낳은 것이 죄라며 부모를 법정에 세운 자인의 대사는 이렇다.

"사는 게 좆같아요. 자라서 좋은 사람이 되고 싶었어요. 존중받고, 사랑받는 사람이 되고 싶었어요. 하지만 신은 그걸 바라지 않아요. 우리가 바닥에 짓밟히길 바라죠."

그 대사를 듣는 순간 나와 나의 친구들이 좋아하는 이소라의 'track 9'이라는 노래가 겹쳐 떠올랐지. 알지 못한 채 태어나고 남들이 부르는 이름으로 살아가 고독하게 잊혀진다는 그 노래의 가사가. 의지와 상관없이 태어나 생을 부여받고 '당연한 고독'과 '평범한 불행'을 배워가야 하는 인간의 운명이란 것이 결국 그 끝에서는 부모, 그리고 모든 부모의 부모인 신을 부정하는 저마다의 개인적인 경험으로 수렴되는 것이라면, 그게 생의 결말이라면, 그 비극은 누구의 탓인지 나는 묻고 싶었어. 누가 우리를 신이 버린 가버나움(가버나움은 성경에서 예수가 멸망을 예언한 마을 이름이라고 해)에서 살아가게 하는지 말이야.

그래, 알아. 아무도 대답해줄 수 없는 질문이란 걸. 내가 아는 건 사실 이게 전부다. 살 수밖에 없어서 사는 것이라는 자기 암시로 굴러가는 삶은 자신뿐 아니라 주변 사람들도 파괴해 간다는 것, 자신과 타인에 대한 책임이 가까스로 우리를 지켜주고 순간이나마 인간답게 살 수 있게 한다는 것, 단지 그것을……

「로마」를 함께 본 친구는 말했지. 결국 '하녀' 클레오의 희생으로 아이들은 자라고 아이들의 엄마는 웃음을 되찾는 영화의 이야기가 불편했다고, 클레오의 의지보다는 그녀에게 씌운 굴레가 그녀의 삶을 끌고 가는 것처럼 보였노라고. 나는 클레오에 공감하는 친구의 말에 공감했어. 휴양지 바다에서 목숨을 걸고 주인집 아이들을 구한 뒤 다시 그들의 시중을 들기 위해 주방으로 걸어가는 클레오의 뒷모습이 내게도 계급 차이에서 습득된 슬픈 관성 같기만 했거든.

물론 감독은 클레오에게 최선을 다했다는 걸 알아. 그는 자전 영화를 찍으면서도 오로지 클레오의 관점에서 재구성한 자신의 유년을 필름에 담았는데, 그 방식은 절대로 클레오를 대상화하지 않겠다는 선언에 다름 아니었을 거야. 알면서도, 나는 「로마」에서 클레오의 진짜 삶은 발견하지 못했다고밖에 말할 수 없어. 아무도 클레오에게 너는 누구냐고, 어디서 와서 어디로 가느냐고 묻지 않았고 앞으로도 묻지 않으리란 예감이 들었지.

반면에 자인이 길 위에서 만나 유사 가족을 이루었던 라헬이 불법 체류로 구금되자 그녀의 어린 아들을 먹이고 재우며 보살피는 장면은 나를 희미하게 웃게도 했고 가장 아프게도 했어. 저토록 작고 연약한 두 생명이 서로의 손을 잡고 걸어가고 있다는 것만으로도. 세상에 맞서는 두 아이들에게 나는, 난방이 잘 되는 쾌적한 극장에 앉아 있고 돌아갈 집이 있는 나는, 비를 맞으며 어느 역사의 플랫폼을 배회하는 또 다른 '패딩턴 씨'들에게 너는 누구냐고 어디서 왔냐고 물은 기억이 가물가물한 나는⋯⋯ 그저 타인의 두 시간짜리 고통을 구경한 사람인 것만 같아서. "어른은 부끄러움 뒤에 온다고"(황정은 「아무것도 말할 필요가 없다」, 『디디의 우산』 창비 2019) 하던데, 그 부끄러움을 향유하는 것마저 내 특권인 것만 같아서.

추신 ────────────────────────

현아, 슬픔을 상쇄하고도 남는 기쁨이 있다면 그 소식을 꼭 전해줘. 슬픈 소식만큼 기쁜 소식도 의무감을 갖고 전해줘. 우리 이것을 잊지 말자. 기쁨도 공유되어야 한다는 걸, 가꾸어지고 이름 불려야 한다는 걸. 실은 나도 자주 잊지. 그러니 이건 내게 하는 부탁이기도 하다.

To

해진

바라보는

마음

누나의 편지를 받고 '다가오는 봄의 소리'에 귀 기울이는 사이에 두 번의 큰 눈을 맞이했어요.

봄이 오는 소리는 역시 눈이 오는 소리인가 싶다가 눈은 음성 언어보다는 문자 언어에 가깝다고 생각했습니다. 조용히 떨어져 내리는 것들을 그려보았죠. 눈송이…… 마른 나뭇잎…… 빛과 그림자…… 눈물…….

누나.

소리 없이 추락하는 것은 어째서 모두가 가볍게 느껴질까요? 초월적인 산물처럼 보일까요? 잠자듯이 떠나가는 최후를 꿈꾸는 인간은 끝내 가벼워지기를 염원하는 것이겠지요. 아, 봄이 오는 소리란 역시 생과 사가 교차하는 소리일까요?

올겨울에는 눈이 많이 오지 않아 아쉬웠는데, 겨울의 끝자락에서 연이어 함박눈을 볼 수 있어 기뻤습니다. 눈이 녹아 비나 물이 된다는 우수(雨水)에 내리는 눈이 제법 근사해서 커피 한 잔을 앞에 두고 창가에 우두커니 앉아 바라보았죠. 겨우내 얼어붙어 있던 내면의 잔설들이 녹아 사라지는 느낌. 아침에 이렇게 선 하나를 그어놓은 듯 마음이 가지런해지면 종일 그 마음을 지키기 위해 최선을 다하게 됩니다.

누나는 어떻게 하루를 시작하나요?

새해의 목표를 '아프지 않기'로 정한 동료 영영은 다리에 수건을 걸어 올리는 체조로 아침을 시작한다고 해요. 그 동적인 행위는 얼마나 많은, 어지러운 마음의 선분을 쓱쓱 지우기 위한 것일까요? 빵과 블루베리 잼과 커피 한 잔으로 자주 아침 식사를 챙기는 시하 누나(박시하 시인)는 얼마 전 이런 '믿음의 문장'을 발견했다고 합니다.

"움직이지 않고 정체되는 건…… 살아 있는 게 아니다."

살아 있기 위해 시하 누나는 매번 아침을 챙겨 먹는 것일까요? 건강과 일용할 양식이 사람을 가지런하게 한다는 건 불변의 진리겠지요.

저는 생활의 리듬이 9시 출근, 18시 퇴근에 맞추어진 몸이다 보니 마음의 선을 간결하게 유지하는 사람은 '심야의 인간'이 아니라 '새벽형 인간'이라고 생각합니다. 오후에 일어나 밤이 되어서야 본격적으로 활동을 시작하는 이들은 전혀 다른 생각을 하고 있겠죠.

아침이라는 흰 면에 검은 선을 한 줄 긋는 사람, 밤이라는 검은 면에 흰 점을 하나 찍는 사람. 누나는 어느 쪽에 가까운 사람인가요.

「로마」의 클레오는 아마도 전자에 속하는 이겠죠. 새벽부터 저녁까지 부지런히 몸을 움직여 사유하는 노동자. 가정부에 대한 부르주아 남성 감독의 노스탤지어는 차치하고, 평평하고 잔잔한 삶을 살던 클레오가 '격변의 파도'를 경험하고 그 전과는 다른 사람이 되어가는 '역사'를 저는 무척이나 흥미롭게 보았습니다. 클레오의 얼굴이, 표정이, 몸이 어떻게 변하는가에 마음을 두고 지켜보자니 이 영화는 시각적 경험을 위한 작품이 아니라 응시라는 행위를 체험하도록 요청하는 작품이구나 믿게 되더라고요. 색 정보가 없는 흑백과 인물의 동선에 맞춘 패닝 숏들, 카메라를 고정시킨 채 롱 테이크로 잡아낸 장면들은 인물의 심도를 경험케 했습니다. 응시하는 사람만이 대상의 심연에 닿지요. 그런 의미에서 응시하기로 시작해서 응시하기로 끝나는 영화의 텅 빈 오프닝, 엔딩 시퀀스가 인상적이었어요. '응시할 때 볼 수 있는 것, 응시할 때 들을 수 있는 것에 관하여'라고 이름 붙일 수 있는 프롤로그와 에필로그 같았다고 할까요.

영화의 마지막 장면에서 빨래를 들고 옥상으로 올라가는 클레오는 여전하면서도 그전과는 다른 어떤 역동을 내면에 품은 듯 보였습니다. 그렇다고 하면 「로마」는 한 사람의 역동이 어떻게, 어느 순간에, 어떠한 이유로 발원하는가를 이야기하는 영화이기도 하겠지요. 검은 화면에 '리보를 위하여'라는 문장을 새겨놓은 감독은 많은 밤을 클레오를 위해, 리보 로 드리게스를 위해 지새웠을 겁니다. 동이 틀 때까지 자신의 유년을 바라보았겠죠. 갑작스레 누나의 내면을 역동적으로 만들어준 경험, 사람이 궁금해집니다.

아직 보진 못했지만,「가버나움」역시 묵직한 여운을 남기는 '사람에 관한' 영화겠지요. 두 편 모두 가볍게 볼 영화들은 아닐 겁니다.

사실대로 말하자면…….

오늘의 편지는 킬링 타임용 영화처럼 쓰고 싶었습니다. 시답잖은 얘기도 하고, 웃기다 싶다가 썰렁해지는 사연도 전하고, 그저 잘 지내지요, 저도 잘 지냅니다, 적고 싶었다고 할까요.

근데 누나, 어째서 우리같이 쓰는 사람들은 그런 평평한 일상보다 인생의 격변에 더 마음이 동하는 걸까요. 저만 그런가요?

여러 차례 편지를 쓰고 지웠다 했습니다.

그럴 수밖에 없었습니다…….

지난 금요일에 또 한 사람이 떠났습니다. 마흔다섯 살. 젊은 나이지요.

대학 시절 함께 시를 썼고 맹렬히 술잔을 부딪쳤고 처음으로 같이 데모를 뛰었던 선배였습니다. 그 시절 제게, 저의 내면에 역동을 심어준 이지요……

이런 회고는 부질없는 짓이겠죠. 그는 두 번 다시 제가 아는 그로 복원되지 못할 텐데요. 저는 그와 오래전 연락을 끊고 그의 생사를 슬기운에나 궁금해했는데요.

그의 누이에게 온 '오늘 오전 ○○○ 사망했습니다'라는 문자를 받아 들고 어안이 벙벙했습니다. 사망하다, 라는 말의 뜻을 이해할 수 없었습니다. 한참 후에 알게 되었어요. 그 말은 떠나는 말이 아니라 남겨지는 말이라는 것을요.

저는 이번 겨울에 두 친구를 보냈고, 두 번 남겨졌습니다.

누나, 이제 우리는 생명을 응시하는 가운데 죽음을 생각하고 죽음을 응시하는 가운데 생명을 생각하는, 쓸데없이 생각이 많은 사람이 되어가고 있나 봐요.

언젠가 누나와 제가 '○○를 위하여'라는 문장을 어딘가에 새겨놓게 된다면, 우리는 그 인생의 어떤 부분을 부각하려 할까요?

오늘은 시의 제목을 고쳐 달았습니다.

'한겨울에 걸레를 들고 손을 호호 불며/진실의 계단을 닦다가/끝에 가서/꼭 주저앉아 우는 것처럼'이라는 구절이 담긴 이 시의 제목은 무엇일까요? 퀴즈를 내고 싶습니다.

두 가지 기쁜 소식도 있습니다.

얼마 전 생일을 맞았고요, 국내산 꽃게를 쪄서 맛있게 먹었습니다.

To

현

환대하는

마음

역동…….

현의 지난 편지를 읽고 역동에 대해, 좀 더 정확히 표현한다면 내게 역동을 준 사람에 대해 자주 생각했습니다. 겨울과 봄 사이의 연한 눈송이처럼 그 생각은 제 머릿속 어딘가를 떠다니곤 했죠. 떠다니다가 흩어졌고, 밥을 먹거나 커피를 마실 때 불쑥 다시 생성되어 흩날리기도 했습니다. 눈송이 모양의 상념은 모서리가 없어서 편안했어요.

한 장면이 떠올랐습니다.

얼마 전에 친구 몇 명을 불러 집들이를 한 장면……. 두 달 전에 이사를 했죠. 이전에는 8차선 대로변에 위치한 원룸에 살았는데, 안전하긴 했지만 때때로 날카로운 소음이 들려오고 난방에도 문제가 많던 방이었어요. 늘 떠나고 싶은 방이었는데도 무려 칠 년 동안 살다가 이곳으로 이사를 온 것입니다. 전통시장 사잇길에 위치한, 방과 거실이 구분되어 있고 세탁기를 놓을 수 있는 다용도실과 작은 발코니가 있는 집입니다. 맞아요, 방이 아니라 집을 구한 것입니다.

H와 H의 친구, 그리고 M을 초대했습니다. M은 파스타를, H는 떡볶이를 요리했고 H의 친구는 김밥을 사 왔죠. 나는 뱅쇼를 만들어봤습니다. 와인에 설탕과 과일, 그리고 막대 형태의 계피를 넣어 끓여봤는데, 알코올이 휘발된 시큼한 그 맛이 내 입

엔 맞지 않았지만 친구들은 맛있게 마셔주었고 나는 그들이 배불러하며 웃는 모습을 지켜보는 게 좋았습니다. 음식을 나눠 먹은 뒤엔 케이크에 초를 꽂아 우리 중 한 명을 위해 생일 축하 노래를 불러주었죠. 그리고 축하 노래가 끝날 즈음, 나는 깨달았어요. 내 삶에 남은 많은 날이 이 순간의 온기로 보호받으리란 것을요.

알고 있나요, 현?

그간 나는 내가 사는 집에 사람들을 초대하는 것에 그리 열려 있지 못했습니다. 집이란 거주인의 실상을 숨길 요령이 없는 공간이잖아요. 나는 내가 사는 곳이 누추하다고 생각했는데, 머릿속에선 늘 실제보다 훨씬 더 누추했고 가끔은 거주지의 누추함이 내 존재에 환원되는 것 같아 불편하기도 했습니다. 알아요, 허상에 세워진 마음이죠. 물론 공간의 누추함보다 더 큰 이유가 따로 있긴 합니다. 사람을 초대하고 환대하는 것에 익숙하지 않고 그 방법을 잘 알지 못한다는 이유 말이에요.

현, 2014년 봄에 나에 대해 이렇게 쓴 적이 있죠. 속마음에 걸려 바깥에서 먼저 넘어지는 사람이라고…… . 나는 그 문장을 읽은 이후로 한 번도 잊은 적이 없는데, 아마도 그 문장의 안쪽이 활짝 문을 열고 손님을 맞는 사람의 마음과 같아서였

을 거예요. 자, 어서 와, 넘어진 시간은 잠시 잊고 조금 쉬어도
돼, 라는 말로 들렸던 문장……

현, 일전에 「셰이프 오브 워터: 사랑의 모양」을 언급한 적이
있죠. 기원과 정체를 알 수 없지만 물고기와 인간이 가장 아
름답게 배합되었다는 것만큼은 분명한 생명체를 있는 그대
로 바라보는 엘라이자의 눈빛에 대해서 말이에요. 눈빛엔 교
환의 속성이 있잖아요. 엘라이자의 눈빛에 호응하듯 물고기
인간 역시 있는 그대로 엘라이자를 바라보았고, 그 눈빛이 교
환되었을 때 사랑은 시작되었을 것입니다. 엘라이자는 누구
보다 용감했고 그 사랑의 결말에 겁을 내지 않았죠. 기꺼이
욕실을 물로 채우고는 물고기 인간과 '둘이 하는 사랑'을 배
워가던 그녀가 눈이 부시도록 아름다웠습니다. 갈퀴나 아가
미, 비늘 없이도 물속에서 자유롭게 사랑하는 것, 그것은 환
대할 줄 아는 사람에게 주어진 행운일지도 모르겠어요.
타인을 집으로 초대하고 환대하는 순간, 그렇게 미지의 세계
는 열리고 감각은 풍부해집니다. 「노팅 힐」(1999)에서는 윌리엄
이 애나를, 「봄날은 간다」(2001)에서는 은수가 상우를 집으로
초대하죠. 그것이 연애의 기본이자 절차라는 듯이. 물론 환
대로써 진전되는 관계란 연애에만 적용되는 시시한 공식은

아니죠. 「가족의 탄생」(2006)과 「어느 가족」(2018)처럼 실연하고 갈 곳 없는 중년 여성과 학대받는 아이가 가족의 구성원으로 받아들여지는 이야기도 있으니까요. 우리의 「이티」(1982)처럼 우정을 나누는 관계도 가능하고요.

현, 지난번에 망원동에서 만났을 때, 덮밥 하나씩을 먹으며 우리 그런 대화를 나눴죠. 사는 게 어렵고 때로는 구차하며 절망하는 과정의 연속이지만 그것이 전부는 아니라고, 삶의 끝에서 질투하고 미워하고 원망한 것만 기억하는 건 너무 불행한 일이라고…….

얼마 전 스위스 디그니타스에서 안락사를 선택한 사람과 동행한 친구를 취재한 기사를 읽고 하루 종일 그 생각만 했습니다. 안락사를 소설에 쓴 적 있어서인지, 이른 아침 혼자 호텔에서 나와 택시를 타고 자신의 생이 끝날 장소로 가는, 그곳에서 최종적인 사인을 하고 적막한 방으로 들어가 약을 탄 물컵을 내려다보는 사람에게 나는 완전히 몰입할 수밖에 없었어요.

누구나 언젠가는 그런 장소에 도달하겠죠. 그때 나는 떠올리고 싶어요. 환대하고 환대받은 날을, 웃고 떠들며 맛있는 것을 나눠 먹고 체온을 나누고 손끝으로 감정을 느끼던 순간들을. 가령 산 정상에서 나눠 마신 아이스커피의 달콤하고 시원한 맛이 혀를 휘감던 순간과 기차와 기차 사이의 연결 통로에 나란히 앉아 노래를 불렀던 순간 같은. 그리고 출판사에서 첫 책을 받아온 날, 카페 창가에 앉아 마치 그 책이 연약한 새끼 새의 심장이라도 된다는 듯 표지에 조심스럽게 손바닥을 올려놓았던 2008년의 늦가을을 말이에요.

추신

현아, 생일을 축하해. 40대의 세계로 진입한 것은 축하하지 않을게.

네가 적어준 시, 그 시의 제목은 잘 모르겠지만 부제는 '봄이 가기 전에 우리 집에 놀러 와' 아닐까?

To

해진

같은 날은

다시 오지 않아요

"눈송이 모양의 상념은 모서리가 없어서"라는 문장을 몇 차례 되뇌어 보았습니다.

상념은 머릿속이 아니라 마음속에 떠오르는 여러 가지 생각이지요. 머리를 도구로 쓰는 생각과 마음을 도구로 쓰는 생각은 어떻게 다를까. 생각이 머무는 장소를 상상하니 눈송이처럼 머릿속에 흩날리던 그림들이 마음으로 내려앉았습니다. 봄볕에 부딪힌 마음의 적설이 졸졸 어딘가 더 먼 곳으로 흘러가는 그림은 퍽 그럴싸한 상념의 최후. 그런 최후를 운명처럼 간직한 상념은 몇 번이고 반복해도 좋을 것 같았습니다.

누나, 오늘은 봄기운이 완연합니다. 미세먼지가 걷힌 하늘은 파랗고 공기는 쾌청하여 마음의 창을 활짝 열고 환기했습니다. 겨우내 머물렀던 잡념이 훌훌 날아갔다고 하면 거짓이겠으나 어쩐지 오늘은 그런 악의 없는 거짓을 진실에 포함하고 싶습니다. 거짓은 진실에 가장 가까운 진실. 얄팍한 마음이 되어 가방을 꾸렸습니다. 서둘러 집을 나섰습니다. 회사 반대 방향으로 가는 버스를 탔지요(오늘은 월차!).

어디 멀리 갈 심사(心思)가 아니라 어딘든 가까운 곳으로 나앉아 있고자 하였어요. 이런 날 마음은 추억을 향해 열리지요. 멀리 떠나고자 하는 마음이 문을 걸어 잠그는 것과는 다르게요. 여하튼 봄에는 누구나 반짝 마음속 지리에 훤하게 됩니다. '지금 이 숲에, 지금 이 모래사장에, 지금 이 언덕에 가면 좋다.' 통유리로 된 카페 창가에 앉아 있으면서도 산 넘고 바다 건너 희희낙락합니다. 아닌가요?

누나도 봄이 되면 몸이 근질근질하세요? 몸과 마음이 잠시 일맥상통하는 때를 봄이라고 부르는 이가 저말고도 있겠죠? 이런 저를 보며 짝꿍은 "그저 코에 바람만 들어가면 강아지처럼 좋아서……"라고 말하곤 합니다. '봄의 강아지'라는 문장은 산들바람에 나부끼는 강아지풀을 바라볼 때처럼 괜스레 입가에 미소를 머금게 하지 않나요. 봄에는 이토록 종일 봄 얘기만 할 수도 있을 것 같아요. 저는 아무래도 봄을 타는 인간.

얼마 전, 동료 영영이 제게 상냥한 경고를 전해 왔습니다.

"저 봄 엄청 탑니다, 조심하세요!"

봄을 타는 인간과 가을을 타는 인간 중에 더 위험한 인간은 어떤 인간일까요. 봄을 타는 인간은 어쩐지 마음에 생각의 창구를 여럿 열어두는 사람 같고, 가을을 타는 인간은 머릿속에 생각의 창구를 단 한군데만 열어두는 사람 같습니다. 그래서 봄에는 나부끼고, 가을에는 추락합니다. 누나는 민들레 홀씨처럼 날아올라 흩어지는 사람에 가까운가요, 낙엽처럼 떨어져 내려 고이는 사람에 가까운가요?

속마음에 걸려도 넘어지지 않기 위해 가까스로 버티는 사람을 그려보면…… 산다는 건 잘 넘어지는 일이기도 하다는 생각이 듭니다. 저는 넘어지지 않기 위해 마음에 지지대를 세우고 또 세우는 사람이거든요. '봄에는 넘어지자!'라는 경구를 생활의 누추함이 아니라 마음의 누추함을 대비하기 위해 간직한다면 봄을 엄청나게 타는 일도 조심할 일은 아닐 것 같아요.

계절을 타는 영화를 봐볼까요.
「나 홀로 집에」(1990)나 「러브 액츄얼리」(2003) 같은 영화는 겨울, 크리스마스 시즌이 되면 저절로 떠오르고요, 김 서린 유리창에 비친 케이트 블란쳇과 루니 마라의 얼굴만으로도 「캐롤」(2015)은 이미 겨울 속에 있습니다. 두 남자의 사랑과 이별을 담은 「콜 미 바이 유어 네임」(2017)은 여름의 빛깔과 향취로 가득하고요, 「굿바이 마이 프렌드」(1995)에서 두 소년은 질병을 우정의 장애가 아니라 장애물로 여기지요. 마음을 합쳐 뛰어넘을 수 있는. 그런 우정은 언제나 여름의 것. 웨딩드레스와 럭시도를 갖춰 입고 오토바이로 도로를 질주하던 유덕화와 오천련의 비장한 사랑(「천장지구」1990)은 가을에 음미해야 더 뜨끈뜨끈합니다. 허진호 감독의 「봄날은 간다」는 봄의 생동보다는 봄의 생동감 뒤에 엄습해오는 청승에 관한 두말할 나위 없는 영화이고요. 고레에다 히로카즈의 영화에서 계절과 날씨는 인물의 심사를 자주 대신합니다. 죽은 이의 산소를 다녀오는 것으로 시작되고 끝나는 「걸어도 걸어도」(2008)에서 여름 볕과 초록과 더위와 그늘과 풀벌레 소리는 등장인물들의 애상을 더 짙게 전달해요. 오즈 야스지로 감독의 계절 연작들(「만춘」 1949, 「초여름」 1951, 「이른 봄」 1956, 「가을 햇살」 1960)은 제목만으로도 이미 영화 전체를 환기합니다. 아내를 잃고 혼자된 아버지와 딸의 이야기를 다룬 영화에 붙은 '만춘'은 얼마나 타당한지요.

어제는 다도 체험을 하는 외국인들이 등장하는 예능 프로그램을 보면서 차를 우리고 내리는 일에 담긴 심사를 잠시 느껴보았습니다. 그런 연유로 「일일시호일」(2018)을 찾아보게 되었지요. 실은 배우 키키 키린의 유작인 데에 더 큰 의의를 두었지만요.

영화는 스무 살 노리코가 사촌 미치코를 따라 이웃에 사는 다케타 선생에게 다도를 배우게 되면서 차츰 '자신의 의미'를 깨닫게 되는 얘기를 담고 있습니다. 아니 깨달음은 너무 거창하고요, 한 사람과 마주 앉아 차를 우리고 내리며 상념을 잊게 된다는 편이 더 어울릴 것 같습니다. 때론 깨달음보다 만남이 중요할 때도 있지요.

타인을 위해 차를 준비하는 일이 곧 삶임을, 인생은 '매일매일 좋은 날'이라는 낙관을, '같은 사람들이 여러 번 차를 마셔도 같은 날은 다시 오지 않으니 생애 단 한 번이라고 생각해주세요'라는 평범한 참가치를, '다도는 형식이 먼저, 마음은 나중에 담는다'라는 아리송한 인생의 성찰을 들려주는 노인, 키키 키린의 연기가 마치 실제인 양 여겨져 눈시울이 붉어졌습니다(그동안 고마웠어요, 키키 키린 씨).

감독이 들려주는 이런 일화를 보세요.

"노리코의 아버지가 돌아가신 다음 노리코와 다케타 선생이 가만히 앉아 흩날리는 꽃잎을 바라보는 장면이 있어요. 원래 시나리오에는 '눈물을 흘린다'라고 되어 있는데 (키키 키린이) '굳이 안 흘려도 되지'라고 말하면서 눈물을 흘리지 않았어요."

누나, 알려진 것과는 다르게 인생의 끝자락은 겨울이 아니라 늦은 봄이 아닌가 싶기도 해요. 절기에 맞춰 마시는 차와 찻잎에 따라 우림과 내림의 방식이 달라지는 다도가 인생의 축

소판이라면, 지금 우리는 어디쯤에서 무슨 차를 마시는 중일까요?

오늘, 볕이 넉넉히 드는 버스 창가에 앉아 라디오를 통해 들었던 봄맞이 사연을 다시금 음미해봅니다.

"단감 가지를 자르고 있습니다. 가을을 준비하기 위해서 봄부터 해야 할 일이 아주 많습니다."

추신 ────────────────────

지난번 누나가 전해준 '부제'를 저는 정답으로 여기기로 했습니다. 그 시의 제목은 「송가」(『호시절』 창비 2020)였는데요, 환송의 노래를 환대의 노래로 바꾸어주는 부제를 시의 일부처럼 간직하고 싶어졌습니다.

허락해주실 건가요?

단
성
사

크리스마스를 앞두고 단성사에서 「이집트 왕자」를 봤다.

누군가와 함께였는데, 혼자인 것 같았다.

To

현

Happy birthday

dear our ⋯⋯

현아, 너도 알다시피 문장은 평면의 종이에 쓰이는 기호일 뿐이지만 때때로 영상이 되어 눈앞에 펼쳐지곤 하잖아.

지난 편지에서 '봄의 강아지'라는 표현을 읽은 순간, 눈으로 먼저 웃으며 폴짝폴짝 뛰는 너의 모습이 마음인지 머릿속인지 알 수 없는 그 어떤 공간에 바로 투사되었어. 그런 모습을 실시간으로, 그리고 생동하는 실체로 볼 수 있는 건 너의 짝꿍이 갖는 특권이겠지.

나는 봄을 타면서도 사람들에게는 봄이 싫다고 말하곤 하는데, 혹시 봄을 타서 봄이 싫은 건 아닌지 생각할 때도 있어. 하긴, '싫다'는 말은 너무 단호하긴 하다. 온전하게, 매 순간, 영원히 싫은 건 없으니까. 싫은 마음과 좋은 마음은 대개 조금씩 섞여 있고 가끔은 어떤 마음도 우세하지 않은 상태가 되기도 하잖아. 나는 3월의 미세먼지와 외투 앞섶을 파고드는 냉랭한 바람, 그야말로 '추적추적' 내리는 봄비는 싫지만 어제까지는 얇고 기다란 막대기로만 보였던 나뭇가지에 갑자기 초록이 올라오는 오늘의 순간은 좋아해. 상점들이 거의 다 문을 닫은 서울의 밤거리를 걸으며 꽃잎이 한 장씩 펼쳐지는 은밀하고도 기특한 소리를 듣는 것도 정말 좋지.

내게 봄의 영화를 묻는다면, 정재은 감독의 「고양이를 부탁해」(2001)가 가장 먼저 생각난다. 이 연상은 아마도 영화에 등장하는 네 인물이 모두 스무 살을 맞아서일 거야. 스무 살과 봄은 괜히 나른하고 성장통을 겪으며 흐름이 전환된다는 점에서 유사하잖아. 내가 인생 영화로 꼽곤 하는 차이밍량 감독의 「애정만세」(1994)도 봄에 보고 싶은 영화 중 하나야. 「애정만세」가 봄을 배경으로 한 영화인지는 확신할 수 없지만 영화 속 메이와 시아오강, 그리고 아정은 어쩐지 봄밤의 타이베이 거리를 가로질렀을 것만 같다.

말이 나온 김에 더 이야기해볼까?

여름엔 내용은 풋풋하고 플롯은 기발한 정지우 감독의 「사랑니」(2005)가 생각나곤 해. 왕가위 감독의 「아비정전」(1990)과 고레에다 히로카즈 감독의 「환상의 빛」(1995) 역시 여름을 타는 영화 카테고리에 넣고 싶은데, 그건 아마 빛과 땀의 이미지 때문이겠지.

가을의 영화라면 단연코 탕웨이가 출연한 「만추」(2010)지. 「만추」를 떠올리면 미국의 어느 고속도로변에서 겨자색 트렌치코트를 입고 뜨거운 커피를 마시는 탕웨이의 얼굴만 클로즈업되어 기억이 난다. 「밀레니엄 맘보」(2001)가 터널을 뛰듯이 걸어가며 뒤를 돌아보는, 화면을 가득 채운 서기의 얼굴로 기억되듯이. 「베로니카의 이중생활」(1991)과 「이터널 선샤인」(2004)

은 겨울을 타는 영화 카테고리에 넣고 싶은데, 대기 속으로 스며들었다가 가뭇없이 사라지는 입김과 퍽이나 어울리는 영화들이기 때문이겠지.

현아, 그럼 4월을 타는 영화도 가능한 걸까?

4월이 되어도 여전히 쌀쌀한 대기가 전해질 때면 그해도 그랬지, 그때도 4월답지 않게 너무 추웠어, 지상도 이런데 바닷속은 어땠을까, 맹골수도는 특히나 물살이 세다던데 얼마나 춥고 무서웠을까, 나도 모르게 속엣말을 하게 된다.

「생일」(2018)을 보기 전에 마음의 준비를 해야 했어.

하나는 많이 울지 말자는 다짐. 왜냐하면 가장 슬퍼하는 사람들이 마음껏 슬퍼할 수 있는 공간도 희소하니까, 유가족이 울 때 왜곡된 시선으로 바라보던 이 사회를 비판한 적은 있지만 내가 그 시선과 싸웠다고는 할 수 없으니까.

나머지 하나는 「생일」은 상업영화이므로 대중적인 요소가 있을 수밖에 없을 텐데, 절대로 그 요소에 감응하지 말자는 다짐. 그러니까 배우의 연기나 카메라가 비추는 전경, 영화의 클라이맥스에서 과도한 감동을 끌어내려는 감독의 욕심 같은 것에 평가를 삼가고 휘둘리지도 말자고 나는 굳게 마음먹었다.

실제 사건을 영화화할 때, 재현하고자 하는 의도와 그럼에도 끝내 재현될 수 없는 한계 사이에서 고민하고 주저하는 것이 영화의 윤리라면, 「생일」은 그 윤리를 지키면서, 아니 지키기 위해 애쓰면서 남겨진 사람들을 이야기하는 영화였어. 비록 영화를 보기 전부터 마음에 새긴 그 다짐들을 결국 나는 하나도 지키지 못했지만 말이야.

그런 의미에서 나는, 「생일」이 그 예술적 성취와 상관없이 우리에게 필요한 영화라고 생각한다. 내게 이렇게 말해도 되는 자격이 한 줌이라도 있다면 말하고 싶어. 그럼에도 말해야 한다는, 재현해야 한다는 그 의무감이 우리를 망각에서 건져준다고. 우리에게 남은 도리는 이제 기억밖에 없으므로 기억은 예의이자 의무라고. 유명 배우를 캐스팅하여 영화화하고 멀티플렉스에 배급했다고 해서 섣부른 비난을 해서는 안 된다고. 적어도 그 영화를 보는 동안은 누구라도 2014년 4월 16일을 기억할 테니까…….

며칠 전에 맞았던 내 생일이 기억났어.

한 살 한 살 나이가 들수록 케이크에 초를 꽂는 건 쑥스럽고 때로는 슬퍼지기도 하지만, 내 생일을 축하해주기 위해 서울에 온 친구에게 노래를 불러달라고 했지. 실은 '사랑하는'이

들어가는 구절이 듣고 싶어서 전곡을 계속 부탁했어. 나중에는 아이처럼 영어로도 불러달라고 졸랐다. 영문을 모르는 친구는 아마 스무 번 정도 그 노래를 불렀을 거야.

「생일」을 보고 나오면서 새롭게 다짐했어.

앞으로는 4월 16일마다 생일 축하 노래를 부르겠다고, '사랑하는' 구절을 부를 때는 배에 힘주어 목소리를 높이겠다고.

죽음의 날이 태어남의 날이 된다는 건 기만적인 수사 같지만, 그래서 믿지도 않고 믿고 싶지도 않지만, 열여덟 혹은 또 다른 어떤 나이에 고정되어 더 이상 초 하나를 더 꽂을 수 없는 아프고 아픈 친구들에게 태어나서 살아주어 고마웠다고, 고생했다고 말해주겠노라고⋯⋯.

추신 ─────────

시인님, 시의 부제가 필요할 때가 또 온다면, 언제라도 또 저를 불러주세요.

To

해진

나는 ____

살아 있습니다 ____

책을 읽다가 "마음은 동사다"라는 한 철학자의 말에 붙잡혔어요. 마음은 동사일까요? 마음먹은 후에야 비로소 움직이는 일들을 생각하면 과연 그렇구나 싶으면서도 괜히 '마음은 형용사다' 하고 바꿔보았습니다. 사람이나 사물의 성질이나 상태, 존재의 어떠함을 나타내는 말로 마음만큼 짧고도 구구절절한 게 없지요.

요즘엔 몸을 떠올리면 생각의 책장이 팔랑팔랑 넘어가 어느새 마음이나 영혼이 펼쳐집니다. 미지의 영역이죠. 그런데 누나, 우리는 과학적인 탐구 중에 신비를 경험하고, 관념적인 탐색을 통해 아주 선명한 언어들을 사용하기도 하잖아요. 영원이나 순간, 사랑과 불멸, 삶과 죽음이 참으로 구체적인 어휘임을 우리는 읽고 쓰며 알게 됩니다.

언젠가 누나는 한 소설에서 주인공의 입을 빌려 '우리에게' 전했지요.

살아 있는 동안엔 살아 있다는 감각에 집중하면 좋겠구나.
— 127면, 「산책자의 행복」, 『빛의 호위』 창비 2017

살아 있다는 감각은 맛있는 것을 먹고, 사랑하는 이의 머리카락을 손으로 쓰다듬고, 광활한 밤하늘을 올려다볼 때만

느낄 수 있는 게 아니죠. 종이에 손가락을 베이고, 구둣발에 발을 밟히고, 불길에 휩싸인 역사의 유물을 보며 탄식할 때도 우리는 살아 있음을 확인합니다. 살아 있음을 확인하는 일은 오욕칠정의 능선을 반복해서 넘는 일이기도 하지요.

해진 누나, '살고 싶어'라는 문장을 쓰며 누나는 삶을 이해하려 했나요? 죽음을 파악하려고 했나요?

아마도 누나는 그 문장을 적기 위해 며칠 밤을 고민했겠죠. 섣부른 연민을 극복한 위로를, 삶의 환희에 근거 삼은 질문을 소설 속 인물들과 소설 밖의 사람들에게 건네고자 애쓰셨을 거예요. 고단한 현실의 무게를 견디면서도 자책과 회한과 일말의 희망을 품고 사는 이들을 통해 누나는 묻고자 합니다. 품위 있는 인간에 관해서요.

품위 있는 삶과 죽음에 관해서 생각하고 염려하지 않는 인간이 있을까요. 이십여 년의 논란 끝에 연명의료결정법(존엄사법)이 2018년 4월부터 본격 시행에 들어갔습니다. 최근엔 웰빙만큼이나 웰다잉의 '상품 가치'가 높아졌지요. 언젠가는 웰다잉도 웰빙처럼 한물간 말이 되겠지만, 품위 있게 살거나 죽을 '권리'는 유행이나 자본주의적 해법으로는 간단히 풀어낼 수 없는 다양한 생각의 산술을 만들어냅니다. 저만 해도 얼마 전 사전연명의료의향서 작성법을 알아보았어요.

19세 이상의 사람이라면 누구나 연명의료 및 호스피스에 관한 의향을 직접 문서로 작성해둘 수 있다고 해요.

누나, 스스로 결정하여 존엄하게 죽을 권리를 챙긴다는 것은 용감하고도 아름다운 일인 것 같아요. 물론 대단한 마음가짐이 필요하겠죠.

시인 라이너 쿤체는 이런 존엄한 아침 인사를 썼습니다(아침 인사도 권리군요!).

아직은 동터온다

새날이

하지만 나는 말한다, 더는

말할 수 없어지기 전에

잘들 있어!

— 「이젠 그가 멀리는 있지 않을 것」, 『나와 마주하는 시간』, 전영애, 박세인 옮김, 봄날의책 2019

영화 「생일」은…….

많은 말이 필요한 영화가 아니라 많은 말을 불필요하게 만드는 영화였어요. 영화적이어서가 아니라 현실적이어서였죠. 실

화에 기초한 영화를 보다 보면 나와 마주하게 되고, 우리의
실체를 깨닫게도 되지요.

영화에서는 보지 못했던 실제 장면들을 적어볼게요.

할 수 있는 만큼은 노력했다고 생각해요. 엄마 따라서 집회
에도 나가고 일상생활하고, 최대한 조율할 수 있을 만큼 했
다고 생각하는데…… 그게 문제인 거예요.
조율했다는 것.
이런 일을 겪고도 일상생활과 조율하면서 살아갈 수 있다
는 것.
나한테는 슬픔보다 죄책감이 더 힘든 감정이었던 것 같아요.

이영수(이영만 형)

어느 날 작은 녀석이 자고 있는 모습을 물끄러미 바라보다
가 얼굴을 만져봤어요. 수염 난 것도 만져보고, 가슴이나
배도 만져보고, 팔다리도 만져보고…… 그러니까 예전에
건우를 만졌을 때 느낌이 살아나더라고요. 지금도 가끔 작
은아들이 잘 때 만져봐요. 그런 느낌, 잊고 싶지가 않아요.
그런 느낌을 잊는다는 게 가장 두려워요.

김광배(김건우 아빠)

— 54면, 84면, 416세월호참사 작가기록단

『그날이 우리의 창을 두드렸다』 창비 2019

영화 「생일」은 수많은 이름이 떠오르도록 합니다.

영화 속에 등장하는 거의 모든 이들의 이름을 부르고자 애쓰는 영화가 근래에 또 있었나요? 호명이라는 행위를 통해 「생일」은 과거를 재현하지 않고 현재를 목격하게 합니다. 지금도 살아 있는, 앞으로도 살아가게 될 사람들을요.

영화관을 나와 일몰을 바라보며 집으로 가는 길에 저는 '나는 살아 있습니다'라는 문장의 의미를 새겨보았습니다. 새로이 다짐했습니다. "앞으로는 4월 16일마다 생일 축하 노래를 부르겠다고, '사랑하는' 구절을 부를 때는 배에 힘주어 목소리를 높이겠다고" 나를 위해, 너희를 위해, 우리를 위해 그리하겠다고요.

맞아요, 누나.

누나와 저는, 우리는 모두 한 배에 타고 있습니다.

오늘은 한 시인에게서 "모양은 없지만 분명하게 있는, 마음 놓고 가요"라는 문구가 적힌 엽서를 받았습니다. 시인들은 어째서 이렇게 허무맹랑하게 다정한 걸까요.

그 네모난 마음을 책상 한쪽에 올려두고 한동안 바라보았습니다. 믿기 어려우시겠지만 그러고 있었을 뿐인데도 이런 구절을 쓰게 되었습니다.

그것은 책상 위에서도 살아 있다//연필을 올려두어도/창밖에서 한 사람이 한 사람을 간절히 원할 때/같은 책을 펼쳐도 어제 그은 밑줄을 찾지 못하고/철새의 슬픔이 철새를 앞질러가서

To

현

마음이 동사와

일치하지 않을 때면

너의 이번 편지에서 "마음은 동사다"라는 구절을 읽으니 십여 년 전 "감정적 차원의 진실이란 한순간에 급조되는 것이 아니라 시간과 추억을 헌납하며 조금씩 만들어가는 공유된 약속일 것이다"(『로기완을 만났다』 창비 2011)라고 썼던 기억이 났어. 그 문장을 쓸 무렵에 난 30대 중반이었어.

시간이 흐른 뒤에 읽어도 전적으로 동의하게 되는 과거의 문장을 들여다보고 있노라면, 「시네마 천국」(1988)의 토토처럼 텅 빈 객석에 홀로 앉아 나만이 그 비밀을 아는 필름을 흐뭇하게 바라보는 관객이 된 것만 같은데, 이런 경험은 글을 쓰는 자의 특권이라 불러도 무방하겠지.

그런데 현아, 너도 알다시피 가끔은 그렇지가 않잖아. 어떤 마음은 그 마음이 실현될 법한 동사와 일치하지 않아서 우리를 당혹스럽게 하잖아. 가령 미안한 마음은 '들여다보다'나 '챙기다'로 연결되어야 할 것 같은데 '피하다'라는 동사로 실현될 때가 있지. 가끔은 그렇게 생각해. 혹여 이 불일치가 우리로 하여금 끊임없이 쓰고 읽고 보게 하는 윤리적인 문제 중에 하나가 아닌가, 하고 말이야.

몇 해 전에 본 이수진 감독의 「한공주」(2013)도 그런 질문을 던진 영화 중에 하나였어. 실제 있었던 집단 성폭행 사건을 모티프로 한 「한공주」는 사실 선과 악, 피해자와 가해자가 명백하게 양분된 영화였지. 그런데 이 영화에서 엄청난 잘못을 하고도 그 잘못에 사과하지 않는, 사과는커녕 피해자의 삶을 더 외진 곳으로 몰아가는 뻔뻔한 가해자와 그들의 뻔뻔함을 가능케 하는 제도—경찰과 학교가 정한 온갖 규율—는 나를 분노하게는 할지언정 불편하게 하지는 않았어.

진정 불편한 인물은, 공주가 성폭행당하는 순간이 찍힌 그 문제의 영상을 본 뒤 차가운 얼굴로 노트북을 닫고는 공주의 전화를 받지 않는 은희였는데, 아마 나뿐 아니라 대부분의 관객이 같은 생각이었을 거야. 외롭고 폐쇄적인 공주에게 손을 내밀어 웃게 해주고 기타를 치게 해주었던 은희가 공주에게서 돌아선 순간, 공주는 이 세계로부터 완전히 버림받았다고 느꼈을 거야. 가해자들의 부모들이 학교에 찾아왔을 때보다, 어쩌면 그 비극적인 사건이 있었던 순간보다 더…….

교통사고로 한꺼번에 부모를 잃고 소녀 가장이 되어버린 영주의 이야기를 담은 차성덕 감독의 「영주」(2018)를 보면서도 비슷한 생각을 했지. 영주는 사고뭉치 동생의 합의금을 마련하기 위해 부모를 죽게 한 교통사고 가해자를 찾아가지만 직접적으로 돈을 요구하지는 못하고 그저 그의 두부 가게에서 아르바이트를 시작하는데, 뜻밖에도 그와 그의 아내에게서 가족의 온기를 발견하게 돼.

어느 순간 영주는 그 부부에게 진실을 말해야겠다고 다짐하지. 그것이 관계의 예의라고 생각했을 테고, 또한 자신이 그들을 진심으로 용서한다면 그들과 더 가까워지리라 기대하기도 했을 거야. 하지만 영주가 본인의 정체를 밝혔을 때, 그 진실 앞에서 마음이 편해진 사람은 아무도 없었어. 가해자의 아내가 남편에게 너무 미안하고 가엾지만 이제 더 이상 그 애 얼굴을 볼 수 없다라고 말하는 걸 몰래 듣게 된 영주는 그제야 현실을 직시하게 되지. 진실이 때로는 가혹하다는 걸, 미안하다는 말이 곧 '함께'의 의미는 아니란 것도……

그런데 우리 중 누가 은희와 그 두부 가게 부부의 외면을 비판할 수 있을까. 그 누가 그들의 반대편에 서서 그 선택을 완벽하게 대상화할 수 있을까. 가까운 사람의 고통을 목격했을 때 외면하거나 움츠러드는 연약한 순간을 경험하지 않은 사람이 과연 있을까. 심지어 그 사람이 평소와 달리 조금 더 외롭고 조금 더 슬퍼 보여도 우리는 뒷걸음칠 때가 있잖아.

현아, 언젠가 너도 쓴 적이 있지, "엄마가 술에 취해 내게 전화하지 않으면 좋겠다"(『걱정 말고 다녀와』 알마 2017)라고. 나도 그래. 나도 부모가 싸우는 날이면 방문을 잠그고 라디오의 볼륨을 높이던 소녀였고, 지금도 '니 아버지랑 못 살겠다' 류의 전화를 받으면 어떻게든 빨리 통화를 끝내려 한다. 그런데 현아, 미안해서 피하는 것이 아무리 이해된대도 그것이 정답은 아닐 거야. 아마, 그렇겠지?

다르덴 형제 감독의 「내일을 위한 시간」(2014)이 떠오른다. 병가를 마친 뒤 복직을 앞둔 산드라는 동료들이 자신의 복직 대신 보너스를 택했다는 소식을 듣고 주말 동안 그들을 찾아가 선택을 철회해달라고 부탁하지. 동료들은 죄책감을 드러내기도 하고 변명도 하면서 저마다의 사정을 이야기하는데, 산드라와 가장 가까웠던 나딘은 산드라를 피하고 결과적으로 가장 큰 상처를 안기게 돼. 산드라는 결국 복직에는 실패하지만 동료들을 만나며 얻은 연대의 감수성을 간직하게 되고, 자신 역시 그 비슷한 문제 앞에 직면했을 때는 타인을 위한 선택을 하지.

인간이기 때문에 그럴 수 있다는 마음, 그리고 그 마음과 이어지는 '피하다'라는 동사는 어쩌면 편한 방식일지도 몰라. 나 역시 삶의 많은 순간에 그 방식을 택했고 현재도 마찬가지지만, 그럼에도 상기하려고 해. 그 방식이 최선은 아니란 것을……

상상의 법정을 상상할 때가 있어.

사실 일상에서의 윤리적인 문제는 상상의 법정에서만 다루어지는 문제잖아. 무죄나 유죄가 없는, 구속도 형량도 없는, 그래서 무해한, 무해해서 쓸모없을 때도 있는 법정…… 반성이니 고민이니 하는 것, 가끔은 무해하고 쓸모없지만 아직 내 머릿속 한곳에 상상의 법정이 남아 있어서 다행이라고는 생각한다.

'다행'이라는 마음은 '걷다'라는 동사로 실현될 때도 있을 거야. 신발이 불편하지만 않다면 언제까지고 나아가는 그 '걷다'…….

그러니까 지금은, 내 이야기를 들어주는 친구가 있어서 '걷다' 하는 5월의 밤이야.

추신 ————————————————————————

마음은 동사라는 말뿐 아니라 시인이 '허무맹랑하게 다정하다'는 말에도 공감합니다.

시인님과 나는 사실 전화도 자주 하지 않고 따로 만나는 일도 드물며 함께 여행을 하거나 서로의 집을 방문한 적이 없죠. 그러나 멀리 있어도, 자주 만나지 못해도, 나를 걱정하는 시인님의 다정이 전해지곤 합니다.

시인님, 나의 다정도 이 편지에 담아요.

To

해진

마음을 옮겨

나아갑니다

해진 누나, 오늘은 좀 걸었어요.

저는 분명 두 발로 걷는 동물인데도 종종 걷자, 하고 주먹을 불끈 쥡니다. 물론 그때의 '걷다'는 양쪽 다리를 번갈아 떼어 내디디며 몸을 옮겨 나아가는 행위만은 아니죠. 그 순간 걷는 행위는 몸보다는 마음에 더 가까운 듯해요. 마음을 옮겨 나아간다…….

퇴근하고 버스를 타고 집으로 가다가 내려야 할 곳에서 내리지 않고, 내리지 않던 곳에 내려 툭, 툭, 걸었습니다. 무작정. 작정하지 않은 마음도 마음이라고 할 수 있겠죠. 작정하지 않고 걷고, 마시고, 노래하고, 춤추고, 무엇보다 쓰는 일은 맘먹고 하는 것보다 조금 더 즐겁잖아요.

아무런 계획 없이, 이렇다 할 이유 없이 걸으며 올려다본 초승달과 코로 깊게 들이마셨다가 입으로 후 내뱉은 저녁의 숨, 편의점에서 컵라면을 먹는 고개 숙인 이의 모습에서 일상의 쉼표를 찾고, 오늘의 나를 돌아보는 첫 문장을 발견하기도 합니다.

알고 보니 오늘 저는 무작정 걷고자 한 사람이 아니라, 잠시 쉬고 싶어서 걷는 사람이더라고요. 걸으면서 쉰다. 이런 이상한 말을 이해하는 사람(들)을 '현대인'이라고 부를까요, 아님 '출퇴근러'라고 부를까요. 그러고 보면 이 시대의 우리는 먹고 살기 바빠서 결심하는 것보다 결심하지 않는 것을 더 어려워하는 듯해요.

'미안해서 피하는 마음'은 어떤 마음의 한 부류일까요? 미안해서 작정하고 피하고자 하는 마음도 있을까요? 어쩐지 그 마음은 그러고자 해서 만들어지는 게 아니라 자연스럽게 생겨나는 게 아닌가 싶어요. 부모와 거리를 두고, 연인이나 친구에게 때때로 등을 보이는 것, 연대가 필요한 곳을 비켜서 돌아가는 마음은 작정하지 않았으므로 또한 어느 순간 스르르 사라져버리기도 하지요.

마음을 단단히 먹고 시작한 사랑이, 우정이, 연대가 마음먹지 않고 그리되어 버린 것보다 험난한 고비를 맞는 것을 우리는 경험을 통해 잘 알고 있지요. 마음을 물 흐르듯이 두라는 말은 지나치게 작정하지 않아도 된다는 것이기도 하고, 마음의 물길을 막아서는 생각의 돌을 종종 놓아두라는 말이기도 하겠죠. 자연은 매끄럽기만 하지 않잖아요. 미안해서 피하다, 라는 마음은 아마도 미안함이라는 흐름 속에 피할 수 없는 돌 하나를 떨어뜨리는 마음이겠다 싶기도 해요. 그때 그 돌을 천천히 돌아가는 마음의 물길을 우리는 '단순한 진심'이라고 부르겠죠.

누나, 걷는 것으로 마음을 전하는 영화를 적어볼게요.

다르덴 형제 감독의 「내일을 위한 시간」은 내 일을 위해 계속해서 걷는 영화입니다. 카메라는 여성 노동자 산드라의 걸음을 따라가지요. 인물의 뒤나 옆에 자리하거나 멀리서 '바라보던' 카메라가 마침내 산드라의 정면을 클로즈업할 때 보는 이는 느끼게 됩니다. 노동자의 곤혹이 아니라 노동하(려)는 인간의 긍지를요.

켄 로치 감독의 「나, 다니엘 블레이크」(2016)에서는 한 인간이 다른 인간에게 최초로 내보이는 선의가 '동행'이라는 점이 의미 있지요. 「진짜로 일어날지도 몰라 기적」(2011)은 또 어떤가요. 기차가 서로 스쳐 지나갈 때 '기적'이 일어난다고 믿는 아이들의 걷는 이야기를 통해서 영화는 기적을 향해 걷는 것자체가 이미 기적이라고 전하지요.

그뿐인가요. 시각 장애를 가진 퇴역 장교 프랭크 슬레이드와 청년 찰리의 우정을 다룬 「여인의 향기」(1993)에서 두 사람은 함께 걸음으로써 각자의 삶 속에 깃든 빛을 찾아냅니다. 자살을 결심한 프랭크가 살아야 하는 이유를 묻자 찰리는 대답하지요.

"당신은 누구보다 탱고를 잘 추고, 페라리를 잘 몰잖아요."

이누도 잇신 감독의 「조제, 호랑이 그리고 물고기들」(2003)을 보고 나면 한 사람이 한 사람을 업고 걷는 일이 사랑의 정수를 담은 몸짓처럼 여겨지기도 하고요. 전신이 마비되어 왼쪽 눈꺼풀의 깜박임만으로 글을 쓴 장도미니크 보비의 실제 이야기를 각색한 「잠수종과 나비」(2007)를 통해 우리는 침대에 누워서도 걷고, 날아오르고, 쓰는 일이 가능하다는 것을 새삼 알게 됩니다.

걷는다는 건 불편하지 않은 다리로만 이루어지는 일이 아니지요. 그런데도 멀쩡한 두 다리로 걷는 것만을 정상으로 여기는 이들도 많지요. 이동권 투쟁을 위해 거리로 나선 장애인들을 향해 "병신들이 설치고 있네"라고 욕설을 퍼붓는 이들은 정말 제대로 걷고 있는 걸까요?

나만이 정상이라고 여기는 마음, 다름과 틀림을 구별하려 하지 않는 마음은 작정하지 않고는 불가능한 것이지요. 성소수자를 향해 '음란한' 혐오 발언을 쏟아내는 이들이나 '5.18 망언'을 배설하는 이들, 태극기를 들고 '애국'이라는 말을 오염시키는 이들에겐 어떤 계획과 이유가 있는 걸까요. 무언가를 작정한 사람의 선의나 불의를 살피고, 이해하고, 때론 비판하면서 우리는 비로소 마음을 옮겨 나아갑니다.

누나.

걷다 보면 생각이 없어지기도 하고 생각이 생겨나버리기도 하지요. 누나는 생각하기 위해 자주 걷나요, 생각하지 않기 위해 걷고자 하나요. 오늘 저는 걷다가 생각했습니다.

집에 가면 깨끗이 씻고, 잘 먹고, 푹 자자.

어느새 저는(우리는) 이런 것도 결심하는 사람(들)이 되었을까요.

제목에서부터 이미 많이 걷는가 보다 싶은 영화로 오늘의 걸음을 멈춰보려고 합니다.

「걷기왕」(2016)은 선천성멀미증후군 때문에 왕복 네 시간을 걸어서 통학하는 만복이 경보를 시작하면서부터 겪게 되는 소동과 성장을 다룬 작품이예요. 애쓰며 걷는 일을 잠시 멈추고, 다르게 걷기 위해 노력하는 주인공을 보고 있노라면 입가에 미소가 절로 지어지죠. 영화가 끝나고 흘러나오는, 어디라도 너와 함께 걸어갈 거라는 노랫말에 맞춰 고개를 끄덕이게 됩니다(노래의 참맛을 느끼고 싶은 분은 심은경의 '엔딩송'을 꼭 찾아 들어주세요).

걸으면서 성장하는 마음이란 것도 있겠죠?

누나, 내일 저녁엔 "나는 커서 내가 된 걸까?"라는 물음을 한 손에 쥐고 천천히 걸어봐야겠다 싶어요. 누나에겐 이런 도보용 물음을 건네주고 싶습니다.

둘이 함께 걸을 때 두 사람은 같은 방향을 향해 있는 걸까요?

뜬금없나요? 걷다가 만나게 되는 길고양이처럼, 노파처럼, 누군가 날아오르며 벗어놓은 듯한 신발 한 짝처럼.

추신 ————————————————

출근길에 교정에 핀 장미를 보았습니다. 전철에서 시를 한 편 적었습니다. '금희야'라는 호명으로 시작하는 시입니다. 금희라는 이름에는 어떤 뜻이 담겨 있을까요? 누나라면 금희를 어떤 사람으로 그릴까요? 제 이름 '현(炫)'은 밝다, 라는 뜻입니다. 조해진의 '조(趙)'는 나라이고, '해(海)'는 바다이며, '진(珍)'은 보배이군요. 바다의 보배. 누나에겐 파도가 담겨 있을까, 생각해보는 5월의 푸른 저녁입니다.

To

현

일하면

일할수록

시인님, 여름을 좋아하나요?

저는 좋아합니다. 특히 6월을요. 6월이 제공하는 풍경의 필터는 특별하잖아요. 따갑지는 않지만 충분히 밝은 햇빛이 온 세상을 감싸는 느낌의 필터 말이에요. 「콜 미 바이 유어 네임」이나 「언어의 정원」(2013)을 본 사람들이라면 이 필터의 느낌을 금세 이해하겠죠. 인디언 달력으로 보니 6월은 '나뭇잎이 짙어지는 달'이자 '황소가 짝짓는 달', 또한 '말없이 거미를 바라보게 되는 달'이라고 하더군요. 생명력이 비약하고 팽창하는 세계 한구석에서 느릿하고도 정확하게 제집을 짓는 거미를 물끄러미 바라보는 정지의 시간이라니, 이럴 때 시적이라는 표현을 쓰는 걸까요.

그리고, 올해(2019년)도 어김없이 6월이 왔습니다.

제 달력에서 올 6월은 '파도와 파도 사이에서 새 책의 종이 냄새를 가만히 기다리는 달'입니다(2019년 7월엔 『단순한 진심』이 출간되었으니까요). 일종의 '쉬어 가는 코너'인 셈이죠.

잠시, 개인적인 이야기를 하나 해도 될까요?

30대 후반부터 몇 번의 슬럼프가 저를 지나갔습니다. 어느 시기엔 그 정도가 심했고 때에 따라 회복되는가 싶다가도, 특별한 전조나 계기도 없이 다시 급격하게 의욕이 사라지곤 했어요. 의욕이 육체적인 질환처럼 수치로 측정될 수 없는 데다 좋지 않은 시기도 있지만 좋을 때도 있어서, 그리고 기간이 길어지면서 그 같은 상태가 패턴이 되어버렸으므로, 저는 이 증상을 심각하게 여기지 않았고 상담이나 치료를 받으려고 시도하지도 않았습니다. 한마디로 저는 이 증상에 무지했 는데, 곁에서 제 이야기를 들어주던 친구는 '번아웃 증후군'이 의심된다고 일러주더군요.

다 타서 없어질 만큼 열심히 살았느냐고 묻는다면 입이 쏙 들어가버릴 텐데, 게다가 자명종 소리에 깨어나 엄청나게 붐비는 지하철이나 버스를 타고 노동 현장으로 가야 하는 '출퇴근러'도 아닌데 번아웃이라니⋯⋯. 그 진단에 어쩐지 머쓱해지고 말았지만 한편으론 안심이 되기도 했습니다. 지칠 수 있다는 건 지칠 만큼 일했다는 의미이기도 할 테니까요. 걸어왔다는 것의 증명일 테니까요. 적어도 「로제타」(1999)를 보기 전까지는 그랬던 듯합니다.

고작 열여덟 살이지만 일자리 하나를 구하기 위해 작은 주먹을 꽉 쥔 채 무뚝뚝한 얼굴로 휘적휘적 걸어 다니는 로제타, 명분 없이 해고하는 사장(들)에게 악을 쓰고 세상에서 유일하게 마음을 열어준 친구의 일자리를 뺏기 위해 그를 고발할 수밖에 없었던 로제타, 그토록 노동이 절박한 로제타 앞에서 저의 '번아웃'은 참으로 면목 없는 것이 되어버리더군요. 삶을 관통하는 시간과 그 무게는 각자에게는 비교가 불가능한 절대적인 것임을 감안하더라도 말이에요.

그럼 로제타에게는 번아웃의 자격이 있다고 말해도 되는 걸까요? 아니, 그 말은 로제타에게 오히려 가혹하다는 생각을 지울 수가 없습니다. 일하고 싶다고 반복적으로 말하는 로제타이지만 그녀에게 노동이 꿈은 아니었을 테니까요. 로제타는 그저 생계를 위해, 엄마가 몸 파는 것을 견딜 수 없어서 일자리를 희구한 것뿐일 테니까요. 로제타가 비교적 안정된 일자리를 구한다 해도 그것이 로제타의 행복이나 계급 상승을 의미하지 않는다는 걸 (보지 않고도) 우리는 알 수 있으니까요.

극장에서 「기생충」(2019)을 보면서도 괴로운 마음을 제어하기 힘들었습니다. 어떤 영화는 관객에게 끊임없이 질문을 하죠. 「기생충」이 바로 그런 영화더군요. 너의 계급이 무엇이냐고, 너는 누구의 기생충이자 숙주냐고, 너는 왜 일을 하고 글을 쓰느냐고, 영화는 컴컴한 객석에 숨어 있고만 싶은 저에게 묻고 또 물었습니다. 서른 살부터 혼자 살아온 방들이 생각났고 때때로 그 방에서 수치감을 느꼈던 순간들이 떠올랐습니다. 그러나 그 방들 아래에는, 더 아래에는, 제 방에서 나는 소음과 배수관을 타고 내려가는 물소리에 또 다른 질감의 수

치감을 감당했을 사람들이 있었겠죠.

그리고 어느 날엔, 이런 사진을 보았습니다.

2019년 4월 10일 수원의 아파트 신축 공사의 화물용 승강기에서 떨어져 숨진 김태규 씨(25세)의 누나 김도현 씨를 고(故) 김용균 씨(24세)의 어머니인 김미숙 씨가 안아주는 사진(이명익 「참담한 죽음, 서러운 포옹」, 『시사IN』 612호)……

두 영화와 한 장의 사진은 마치 퍼즐처럼 지금 제 앞에 놓여 있고, 귓가엔 시인님이 일러준 「걷기왕」의 OST인 '엔딩송'이 들려옵니다. 심은경 배우가 "사람들은 젊을 때 고생 좀 하라지만 나는 맛있는 게 더 먹고 싶어"라고 노래하는 그 가사를 로제타에게도 들려주고 싶지만, 로제타는 참 속 편하다고 핀잔하고는 그 특유의 발걸음으로 또다시 어딘가를 향해 휘적휘적 걸어갈 것만 같습니다. 「기생충」에 등장하는 기택의 가족이라면 좋은 말이다, 명언이다, 하면서 웃어줄 것 같긴 한데, 그 웃음은 반지하 창문 너머 취객의 오줌발 소리에 금세 지워질 테지요.

시인님, 일하면 일할수록 행복해지고 원하는 것을 갖고 누린다는 건 단순한 계산이겠죠. 그러나 일한 뒤에 도달한 곳이 수치심을 느끼는 방이거나 자신의 윤리를 배반해야 하는 일

터라면, 이것은 잘못된 것이 아닌가요. 더욱이 내 죽음의 장

소가 된다면…….

이런 무거운 질문 앞에서 '쉬어 가는 사람'은 파도 소리의 침

묵을 듣고 있습니다.

퍼즐은 좀처럼 완성되지 않는군요.

추신 ─────────────────────────────

현의 '현'은 '밝다'의 의미였구나.

밝은 현이었구나.

'금'이라면 능금이 가장 먼저 생각난다. 나는 능금보다 아오

리를 더 좋아하긴 하지만, 사과라는 과일이 그렇잖니, 사람으

로 치면 배포가 커서 작은 잘못쯤이야 '뭘 그 정도로' 하며 어

깨 한번 툭 치고는 넘길 것 같은……. 능금이 주는 빛이거나

기쁨의 '금희'라면 어떨까.

참, 최근의 어떤 단편을 쓰면서 현아, 너에게서 들은 일화 하

나를 소설에 맞게 각색해 넣었어. 일전에 문자로 상의한 적도

있지? 너에게서 시작된 소설일지 모르니 나는 그 단편 소설

의 제목을 '능금을 들고 있는 밝은 현'이로 기억하고 있을게.

To

해진

능금 능금 능금

능금 능금 능금

청량리역으로 향하는 버스 안에서 소설가님의 편지를 읽습니다.

6월 14일 금요일입니다. 혹시 오늘이 '키스데이'라는 걸 아시나요? 키스를 공식적으로(?) 권장하는 날은 초여름의 청량한 필터와 잘 어울리지요. 저는 한겨울에 첫 키스를 한 사람이라 처음으로 경험하는 여름의 입맞춤이 어떤 향인지, 어떤 맛인지 알지 못합니다(영원히 풀지 못할 의문이지요).

여보세요, 모모 님. 여름의 첫 키스는 시원합니까? 새콤달콤합니까?

괜스레 능금의 맛, 능금의 향을 음미해봅니다. 능금이라는 말이 색다르게 다가오는군요. 적다 보니 어렴풋이 한 영화가 기억납니다. 이명세 감독의 「첫사랑」(1993)입니다. 파란색 화면 위에 "사랑이 너에겐 어떻게 왔는가?/햇살처럼 왔는가, 꽃바람처럼 왔는가/아니면 기도처럼 왔는가 말하여다오"라는 릴케의 시 구절을 '적으면서' 시작하는 영화지요. 이 영화는 처음부터 말하는 것 같습니다. 이제 당신은 '부치지 못한 편지'를 보게 된다고요.

첫사랑에 빠진 풋풋한 대학생 영신이 분홍빛 뺨을 하고 허공으로 살포시 떠오르는(!) 장면이, 어스름한 저녁에 전조등을 밝히고 자전거를 타던 영신의 모습이, 페달을 밟지 않는데도 홀로 움직이던 자전거가 살랑살랑 마음을 건드렸어요. 사랑하던 이가 떠나고, 술집에 홀로 남은 영신의 곁에서 둥실둥실 사라지던 주전자와 의자도 기억에 남습니다. 처음으로 사랑에 빠졌을 때의 부유하는 마음과 이별 후에 우두커니 머무는 마음을, 시간을, 과정을, 결과를 애틋하게 보여주는 영화였지요.

편지와 애틋한 마음 하면 또 빼놓을 수 없는 영화가 「일 포스티노」(1994)나 「인어공주」(2004) 같은 작품들입니다. 섬과 바다와 편지와 자전거와 우편배달부와 첫사랑의 풍광이 드넓게 펼쳐지는 영화들이에요.

소설가님, 이런 말씀은 다소 무례하지만 아무래도 첫사랑이라는 '상태'는 소설의 것이라기보다는 시의 것인 듯합니다. 그렇지 않나요, 하고 우겨봅니다.

섬 이야기가 나왔으니, 그 섬에 '능금리'라고 하는 마을이 있겠다 싶고요, 그 마을에 책방을 열게 된다면 '능금리'라고 이름 붙여도 좋을 것 같습니다. 한밤 능금리 해변에 비치 타월을 깔고 작은 랜턴 불빛에 의지해 읽는 책은 달겠죠. 그때 가끔 올려다보는 달은 환하겠고요. 제주에서 책방을 꾸리며 사는 친구의 눈웃음이 능금의 곡선 같다는 건 우연의 일치일까요. 그 마을에는 어쩐지 선한 우편배달부가 때마다 따르릉따르릉 자전거 벨을 울리며 지나갈 것도 같습니다. 그런데 소설가님 이런 얘기는 참으로 얼토당토않은 낭만화겠지요. 올해(2019년)만 해도 벌써 아홉 명의 집배원이 장시간의 고된 노동에 시달리다가 목숨을 잃었습니다. 과로사, 라는 말은 일하면 일할수록 행복해진다는 말을 반으로 쫙 쪼개버리지요. 어디 집배원뿐인가요.

2014년 스스로 목숨을 끊은 특성화고 현장 실습생 김동준 군의 이야기를 담은 책 『알지 못하는 아이의 죽음』(은유, 돌베개 2019)을 읽으면서 여러 번 목이 메었습니다. "지하철을 고치다가, 자동차를 만들다가, 뷔페 음식점에서 수프를 끓이다가, 콜센터에서 전화를 받다가, 생수를 포장·운반하다가, 햄을 만들다가, 승강기를 수리하다가……." 목숨을 잃은 청(소)년 노동자들의 죽음을 우리는 어떻게 애도해야 할까요. 삶은 달걀 하나를 생애 마지막 음식으로 삼는 로제타와 컵라면과 삼각김밥이 생애 마지막 식사가 될 줄 몰랐던 이들은 어쩜 이렇게도 닮아 있는지. 일하기 위해, 평범하게 살기 위해 발버둥치는 '로제타들'은 지금도 여전히 존재합니다.

어제 보았던 아녜스 바르다 감독의 유작 「아녜스가 말하는 바르다」(2019)에서 감독은 자신의 예술이 '영감, 창작, 공유'에 기초하고 있다고 말하더군요. 예술이라는 말 대신에 노동이라는 말을 넣어도 말이 되겠다 싶었습니다. 노동자란 영감을 얻어 일하고 그것을 다른 사람과 함께 완성하는(나누는) 사람이다. 그런 사람이라면 예비 노동자에게 일하다가 죽을 수도 있고, 일하지 않음으로써 다시 일하게도 된다는 것을, 키스데이를 챙기고, 기차를 타고, 노래를 듣고, 영화를 보고, 책을 읽는 행복을 누리면 누릴수록 행복하게 일할 수 있다고 말해줄 것도 같습니다.

소설가님.

요즘 저는 '쉬는 사람 예찬론자'가 되어 쉴 수 있을 때 쉬는 게 아니라 쉬어야 쉴 수 있다고 감히 이야기하고 다닙니다. 일하는 나를 존중하는 방법 중의 하나가 잠시 일하지 않는 내가 되는 것이라고요.

일 멈추기.

저는 이 상쾌한 생활의 지혜를 실천하고자 애쓰며 삽니다. 체력을 위해 가사 노동을 미루고, 면역력을 위해 연재 노동을 하나둘 정리하고, 때때로 연차를 내고 늦잠을 자고 먹고 걷습니다. 이제 휴가 때마다 멀리 떠나려고 하지 않습니다. 이런 저도 '번아웃'의 전조 증상을 앓고 있는 걸까요?

여보세요, 의욕 충만한 모모 님.

그 의욕의 맛은 칼칼한가요? 개운한가요?

그런데 소설가님, 저는 저를 강제로 멈춰 세우면서도 자꾸 무언가를 '자유 의지'로 해내겠다고 다짐합니다. 자율적으로 쓰고, 자율적으로 일하고, 자율적으로 논다, 하고요. 저는 무기력증이 아니라 기력증을 앓고 있는 걸까요?

저는 강릉으로 향하고 있습니다. 박은옥, 정태춘의 40주년 콘서트에 가기 위해서입니다. 사십 년 동안 노래를 만들고 부르며 예술 노동자로 살아온 이들은 세상에 무서울 게 없을까요? 두 사람은 때때로 찾아온 무기력과 의욕 과다의 고비를 어떻게 넘겼을까요? 늘 '시대의 목격자'로서 노래한 두 사람은 '알지 못하는 노동자의 죽음'을 잊지 않겠죠. 소설가님, 우리도 그래야 하겠죠? 사십 년간 노래한 사람들과 육십오 년 동안 꾸준히 영화를 찍은 사람 앞에서 귀엽게 깨갱 하는 소설가님과 제 모습을 생각해봅니다. 이런 공상은 의욕을 충만하게 하지 않나요.

강릉에 도착하면 저는 순긋해변으로 가서 올여름 첫 파도 소리를 들어보려 합니다.

밀려오고 밀려가는 물음 앞에 서 있어보려고 해요.

누나, '능금을 들고 있는 밝은 현이'라는 말을 잘 기억해두었다가 제 시의 제목으로 삼아도 될까요?

지난 주말에는 양경언, 유상필 님의 결혼식에 가서 누나의 마음도 잘 전달하였어요. 저는 축시를 읊었는데요, '오늘의 시'라는 제목의 그 시는 이런 구절로 시작합니다.

무엇보다 우리의 삶이 늘 시적일 필요는 없다

무엇보다 우리의 삶이 늘 문학적일, 예술적일 필요가 없다는 말은 참으로 속시원하지 않나요? 이 말을 7월의 누나에게 데구루루 굴려 보내고 싶습니다.

To

현

이름이라는

첫인사

현아, 지난 6월에는 순곳에 다녀왔구나.

네가 발자국을 새긴 순곳해변은 고레에다 히로카즈 감독의
「바닷마을 다이어리」(2015)에서처럼 관계의 다정함이 새롭게
탄생하는 곳이었겠지. 해변을 걷는 동안 손끝에서 달랑거리
는 벗은 신발과 숙소로 돌아가 옷을 갈아입을 때까지 끊임없
이 몸에서 굴러 나오는 모래 알갱이, 그리고 불꽃놀이와 차
가운 맥주와 새벽까지 이어지는 수다, 마치 나도 너의 여정에
동행한 듯 모든 것이 상상된다.

너의 편지를 읽고 바로 '순곳'을 검색했는데 사전에 등록된
단어는 아닌지 결국 그 뜻을 찾지 못했어. 어학사전뿐 아니라
지명사전에도 없는 이름이긴 하지만 세상에 그냥 지어진 이
름은 없을 테니 분명 뜻이 있긴 할 거야. 지금으로선 순곳의
뜻을 알아낼 방도는 없지만 순곳에서 연상되는 풍경은 있어.
순하게 밟히는 모래와 규칙적이어서 믿음직스러운 파도, 시
야 끝에 닿아 있는 한 줄의 수평선……. 하긴, 어쩌면 그 풍경
이 곧 순곳의 의미일지도 모르겠다.

이름 이야기를 하다 보니, 이름은 다르지만 얼굴은 같은 연인
이 등장하는 영화 「아사코」(2017)와 이름은 같지만 분명 다른
사람으로 존재하는 과거의 첫사랑과 현재의 연인을 동일시

하는 인영의 이야기 「사랑니」가 연이어 떠오른다. 두 영화 모두 우리가 사랑한다고 말하는 그 대상의 본질에 대해 묻는 영화지. 그러니까 시간의 흐름에서 적재된 추억의 대체인지, 아니면 지금 당장 손끝으로 감각할 수 있는 현재의 실체인지. 이름과 관련된 영화를 좀 더 말해볼까?

이름을 부르며 끝나는 영화 「여자, 정혜」(2004)를 나는 기억하고 있어. 우편취급소 직원인 정혜는 그녀가 키우는 식물처럼 정적이고 길에서 '냥줍' 한 새끼 고양이와 동거 중이며 파도처럼 규칙적인 삶을 살아가지. 그래서 정혜가 아니라 순긋이라 불려도 어색하지 않을 사람이지만 그녀의 기억 깊은 곳에는 크나큰 트라우마가 있고. 응모작이 담겼을 서류 봉투를 소중히 안고 우편취급소에 자주 오던 소설가 지망생이 '정혜 씨'라고 자신을 부른 순간 정혜는 놀람과 지침과 희망이 모두 들어 있는 복합적인 얼굴로 경직되는데, 어쩌면 그 얼굴은 이제는 타인에게서 위로받고 싶다는 갈망의 언어인지도 모르겠다.

영화의 엔딩 신, 클로즈업된 정혜의 그 얼굴을 나는 자주 떠올리곤 했어. 성폭력의 희생자면서도 아무에게도, 심지어 유일한 혈육이었던 엄마에게도 그 사실을 밝히지 못한 채 속으로 삭이고만 있다가 한순간 분연히 일어나 기껏 가해자를 찾아가지만 결국 스스로에게 상처만 덧내는 정혜…… 희생자가 혼자서만 고통을 감당하고 숨으려고만 한다는 점에서 이 영화는 지금 시대에는 환대받지 못할지도 모르겠다. 그렇지만 현아, 현실은 현실이잖아. 정혜에게 비밀을 품고 살도록 한 그 현실은 지금 이 시대에도 유효하잖아.

최근에 짐 자무시 감독의 「오직 사랑하는 이들만이 살아남는다」(2013)를 보면서는 이름의 전형성이 재미있게 느껴졌어. 아담과 이브라니, 헤아릴 수도 없는 긴 세월을 살았고 앞으로도 지겨울 만큼 오래오래 살아갈 뱀파이어 커플에게 태초의 인간이 가졌던 이름을 부여한 감독의 재치에 웃음이 났다. 아담과 이브는 행복했던가. 성서에는 그들이 낙원에서 추방되었으므로 행복하지 않았다고 암시하지. 하지만 내 생각은 조금 달라. 나체에 부끄러움을 느낀 이후부터 그들은 자기 존재의 한계와 불안, 신을 향한 의심과 분노를 알아갔을 테고 나는 이런 감정마저 감당하는 인간이어야 진짜 행복을 누릴 수 있는 자격이 있다고 생각하니까.

현아, 행복은 한순간이잖아. 행복은 해변에 떠오르는 아침의 태양처럼 연속된 여러 감정 속에서 잠깐 빛났다가 또 사라지곤 하잖아. 짐 자무시의 영화 속 아담과 이브가 연인임에도 함께 살기보다 서로를 원할 때나 힘겨운 일이 생길 때만 야간 비행기를 타고 대륙에서 대륙으로 이동하는 것도 영원하고 지속적인 행복은 없다는 걸 알아서이지 않을까. 물론 이런 내 생각이 절대적으로 맞지는 않으리란 거, 잘 알아. 행복을 둘러싼 다른 감정들—지겨움과 서운함과 미움과 원망—도 행복에 포함된다고 생각할 수 있지. 너의 말대로 우리의 삶이 늘 시적일 필요는 없으니까. 행복은 누리면 누릴수록 좋다는 거, 그건 분명하지만 말이야.

나는 이번 여름에는 해변 대신 우리 동네에 있는 작은 우편취급소에 자주 갔어. 어느 날엔 정혜와 닮은 듯 닮지 않은 직원이 새 책이 담긴 봉투를 내미는 내게 "저번에 보낸 우편물은 다 잘 갔던가요?"라고 슬쩍 묻기도 했지. 나는 그냥 웃었어. 쑥스러웠거든.

새벽에 문득 깨어나 가만히 새 책을 들여다볼 때도 있어. 내용을 보는 건 아니고, 그냥 책 위에 손을 올려놓고 그 물성을 감각해. 그 책에는 너의 흔적도 있지. 너는 썼어, "우리 모두의 이름은 언젠가 한 존재가 타인을 위해 진심을 담아 건넨 최초의 말"(「추천의 글」, 『단순한 진심』, 민음사 2019)이라고. 내 이름은 해진, 네가 생에서 진심으로 받은 첫인사가 '밝은 현'이듯이 나는 '바다의 보배'라는 다소 거창한 인사를 받은 거지.

나는 병원이 아니라 집에서 태어났다고 해. 문장〔文〕이 왔다〔米〕

는 의미의 서울 변두리 동네의 주소 없는 집에서. 나를 '받은' 나의 아버지는 내게 '해진'이란 인사를 건네며 웃었을까, 아니면 책임져야 하는 또 한 명의 식구가 생긴 것에 낙담했을까. 진지하게 물어본 적은 없네. 그래, 모든 것을 안다고 좋은 건 아니니까. 물론 한 가지는 확실하지, 나도 너처럼 참 아름답고 찬란한 첫인사를 받았다는 것⋯⋯.

추신

그래서 현아, 순곳해변에 너의 발자국을 잘 남기고 왔니? 박은옥, 정태춘의 콘서트는 어땠어? 양경언, 유상필 님의 결혼식에서 너의 목소리는 어떻게 울려 퍼졌을까. 나는 알지, 시를 읊는 김현 시인의 목소리는 청중을 신뢰와 설렘의 세계로 이끈다는 걸. 능금을 들고 있는 밝은 현이, 이 시는 언제 구경할 수 있을까? 허락이 어디 있어, 다만 빨리 보고 싶다는 재촉의 전언을 보낼 뿐이야.

이 편지가 잘 도착하고 너의 새 편지가 도착할 즈음, 하나 씨가 번역한 『사과 사과 사과 사과 사과 사과』(안자이 미즈마루, 미디어창비 2019)가 더 먼 곳으로 똘똘 뭉쳐 굴러갈 즈음(부디!), 다른 도시에 살고 있는 친구에게 전화를 걸어 "올해가 가기 전

에 저와 순곳해변에 가보지 않을래요?"라고 무심히 물어보
려고.

이렇게 굳이 기록으로 남기는 건, 그래야 게으른 내가 그 다
짐을 행동으로 옮길 수 있을 것 같아서…….

To

해진

이야기 속에서

존재하는 것

소설가님.

이번에는 답장이 늦었습니다. 한 계절을 보내며 대상포진을 맞이했습니다. 벌써 네 번째 찾아오는 아픈 손님입니다. 기력이 많이 떨어졌으니 보충하세요, 몸이 보내는 충고는 따끔따끔합니다.

오늘은 병원 진료실 침대에 누워 레이저 치료를 받으며 라디오에서 흘러나오는 노래를 들었습니다. 셀린 디옹이 부른 'Because You Loved Me'와 캐럴 키드가 부른 'When I Dream'이었습니다. 아시다시피 앞은 미셸 파이퍼와 로버트 레드퍼드가 주연한 「업 클로즈 앤 퍼스널」(1995)의 주제곡이고, 뒤는 「쉬리」(1999)에 삽입된 곡입니다. 영화보다 더 길게 사랑받는 영화 음악이라고도 할 수 있지요. 노래를 듣고 있으니 영화의 한 장면, 한 장면이 떠오르기도 하고, 영화를 (함께) 보았던 그때 내가, 그때 그 사람(들)이, 그때 그 시절 공기가 손에 잡힐 듯 가까이 다가오기도 하였습니다.

대학 시절에는 동숭시네마텍, 코아아트홀, 단성사, 명보극장 같은 극장들을 밥 먹듯이 드나들었습니다. 멀티플렉스와는 또 다른 맛과 멋이 있던 극장들이었지요. 손으로 그린 영화 간판을 보며 실제 배우와 닮았네, 닮지 않았네 하며 깔깔거리던 기억이 새록새록하네요. 요즘은 이렇게 회고적인 인간

코
아
아
르
홀

코아 앞에서 만나자, 라고 말하던 때가 있었다.

코아아트홀에서 혼자 보고 싶던 영화는 「천사들이 꿈꾸는 세상」이었다.

을 반기지 않는 분위기지만, '옛날에 나(우리)는 말이야……'
하고 말을 꺼내는 사람과 '나(우리)는 말이야 옛날에……' 하
고 말을 꺼내는 사람은 아무래도 성질이 다르지 않나요? 팔
짱을 끼고 옛날 얘기 하는 사람은 그때가 좋았던 사람이고,
두 손으로 턱을 받치고 옛날 얘기를 하는 사람은 그때를 좋
아했던 사람이지요.

그렇다면 동시 상영 극장에 드나들던 학창 시절 얘기도 해볼
까요. 저는 그때…… 철 지난 개봉 영화들을 두 편씩 묶어 상
영하는 소읍의 극장을 드나들며 활기찼습니다. 그 극장에서
는 공리와 임청하가 주연을 맡은 「천룡팔부」(1994), 장만옥과
왕조현이 주연한 「청사」(1993), 오천련, 장국영 주연의 「야반가
성」(1995), 이연걸 주연의 「황비홍―철계투오공」(1993) 같은 홍콩
영화들이 자주 상영됐습니다. 주말에도 찾아오는 이가 많지
않고, 주중에는 더욱더 그러해서 방학 중 평일에는 극장을
전세 낸 듯 혼자 영화를 보았지요.
한 번 끊은 표로 몇 시간이고 죽치고 있는 게 가능해서 하루
대부분을 극장에서 보낸 날도 있었습니다. 영화를 보고 싶어
서가 아니라 혼자 있고 싶어서였죠. 어둠 속에서 홀로 인생을
돌아보았어요.

인생은 아름다운가?

내 앞날은 지금보다 나아질 것인가?

질풍노도까지는 아니어도 마음속에 바람이 잦고 잔물결이 수시로 일렁이던 때였습니다. 우리의 10대는 어쩌면 다 이리 비슷한 모습일까요(아닌가요)? 그땐 극장이, 1인용 좌석이, 그 세계가, 제게 가장 평화로운 곳이었습니다. 영사기를 통해 일직선으로 흘러나오는 '빛'은 저를 다른 사람, 다른 세계로 이끌었지요. 어쩌면 그때부터 저는 혼자 영화관에 가는 것을 위안으로 삼게 되었는지도 모릅니다. 질풍노도의 먹고살기, 사무생활기, 인간관계기를 견디며 상영 시간표를 수시로 들여다보는 오늘의 사람이 저 혼자만은 아니겠죠.

소설가님은 언제 처음으로 혼자 극장에 가셨나요?

그때 본 영화를 기억하고 있나요? 소설가님은 학창 시절을 어떻게 보낸 학생이었을까요? 혼자만의 장소를 가진 학생이었나요? 가장 평화롭다고 느끼는 그곳에서 '나'에게 관심을 두기도 했나요? 혹시 학교, 집, 학교, 집을 오가던 학생? (아마도) 소설가님과 저는 쓰기보다 읽기를 먼저 좋아했으니 작은 공공도서관이나 책 한 권을 분명히 평화로운 세계로 여겼겠지요.

얼마 전 '사랑을 이야기하는 모임'에 초대되어 갔다가 작가

명
보
극
장

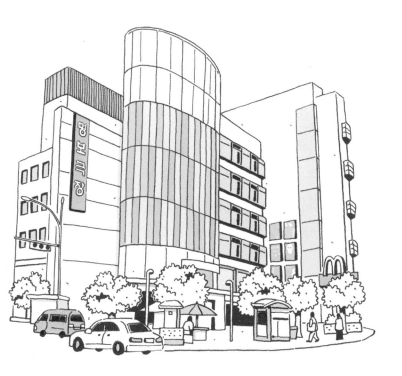

고3, 시외버스를 타고 서울에 와 처음으로 혼자 본 영화는 「첨밀밀」이었다.

명보극장에서였다.

C. S. 루이스를 극진하게 사랑한다고 말하는 이를 만났습니다. 그는 몇 해 전 그의 나라로 가서, 그의 집을 둘러보고, 그의 묘비 앞에 화분을 두고 오며 "5년 뒤엔 더 나은 사람이 되어 돌아올게요"라고 말했다고 합니다. 옛날 장소를 방문해 옛날 사람에게 더 나은 사람으로 거듭나겠다고 다짐하는 일이 무척 근사해 보였습니다. 그런 사람, 그런 장소를 저 역시 마련해야겠다 싶었습니다. 그런데 이제 와 생각해보니 저는 (소설가님도) 이미 그렇게 다짐하는 사람과 장소를 가진 게 아닌가 싶습니다. 글을 쓰고, 책으로 묶고, 떠나보내며 우리는 늘 다음에는 더 나아질 것을 소망하잖아요. 옛날에 썼던 내 글, 옛날에 묶었던 내 책은 우리를 가장 멀리 데려갔다 데려오지요. 다짐하게 합니다. 지금, 여기에서 최선을 다하기를.

옛날 영화를 보고 옛날 음악을 듣다가 옛날 사람이 되어버렸다고 생각하는 '나'가 등장하는 시가 떠오릅니다. 그 시 제목은 '환상의 빛'이지요.

고레에다 히로카즈 감독이 옛날에 찍은 영화 「환상의 빛」은 같은 이름을 가진 옛날 소설을 원작으로 하고 있습니다. 죽은 남편에게 편지를 쓰는 아내를, 소설가 미야모토 테루의 간곡한 언어를, 감독은 풍광 속 인물이라는 영상으로 담아내지요. 롱숏, 롱 테이크로 그 둘을 포개어놓거나 떨어뜨려놓습니다. 저녁으로 향하는, 저무는 빛을, 영화는 마치 한 인물의 내면이라도 되는 듯 바라보지요. 바라보게 합니다. 빛을 응시하는 일은 정적인 듯하나 능동적인 일. 빛을 바라볼 때 우리 내면은 일렁입니다. 그때 빛은 그저 밝고 따뜻하기만 하지 않지요. 빛은 어둠에게 묻고 어둠은 빛에게 묻습니다. 괜찮니? 영화의 클라이맥스에서 인물이 풍광을 찢고 나올 때, 눈물을 흘릴 때 함께 고개를 떨어뜨렸던 저는 그 드넓은 감정의 풍광에 어째서 저 자신을 포함시켰을까요. 요즘 '힙한' 감성에 대입해보면 상실의 슬픔과 존재의 고독 같은 감정은 너저분할지도 모르겠습니다. 힙한 우리에겐 상실도, 부재도, 고독도 모두 네온사인으로 반짝이는 포토 존!

소설가님, 우리는 언제 '옛날 사람'이 되는 걸까요. 대상포진이 더는 노인들에게만 찾아오는 병이 아닌데도 생각하게 됩니다. 그 옛날 동시 상영관이 있던 자리엔 반듯한 상가 건물이 들어서 있고요, 그 최신식인 곳에서 요즘 우린 행복을 소비합니다. 극장이 사라진 시대에 관해 쓴 시에 저는 이런 문장을 적어넣었습니다. '이야기는 지금부터 끝난다.'
옛날 음악, 옛날 영화, 옛날 극장, 옛날 사람은 이야기 속에서나 존재하는 것들이 되겠죠, 곧.

누나, 순긋해변의 순긋은 '개울의 안쪽'을 뜻하는 말이라고 해. 개울 안쪽 마을에 밑줄을 그어놓은 듯 펼쳐진 해변. 그런 곳에 살게 된다면 일기장 한 권은 꼭 장만해야 할 것 같아. 그렇지?

박은옥, 정태춘 콘서트는 한순간 눈물짓게 했는데, 노래를 들어주는 사람이 있어 노래를 부를 수 있었다는 고백이 담긴 편지 때문이었어. 시를, 소설을 읽어주는 사람이 있어 시를, 소설을 쓸 수 있었다고 우리도 언젠가 편지에 적게 되겠지. 그런 편지를 공공연하게 읽어주면서 우리는 한순간 행복할 거야, 그렇지?

누나가 호명한 영화들을 따라 읽다가 최근에 본 영화 한 편을 떠올렸어. 「행복한 라짜로」(2018)라는 작품이야. 누나도 보았을까? 선한 사람, 거룩한 성자, 신성한 기적을 이끄는 '행복한' 라짜로가 처음이자 마지막으로 눈물을 흘리던 모습이 잊히지 않아. 영화를 보고 나서 한동안 그 이름을 자주 되뇌었어. 라짜로, 라짜로, 라짜로……. 이름을 되뇌는 것만으로도 선한 영향력을 느꼈다고 말한다면 믿을래? 누나, 선한 존재가 우리에게 다가왔을 때 우리는 그를 알아보았던 걸까? 이런 물음은 우리를 잠시 선하게 해, 그렇지?

어제는 말이야 '밤에/쓰르라미의 껍질을 주워서/너와 나눠 가졌다/우리가 꿈꾸는 것은 이토록 텅 비어 있다'라고 시에 적었어. 능금을 들고 있는 밝은 현이와는 정반대에 있는, 껍질을 들고 있는 어두운 현이지. 그런 현이에게 전화를 걸어 "올해가 가기 전에 저와 해변에 가보지 않을래요?" 하고 묻는 사람을 '능금을 들고 있는 밝은 현이'의 시작으로 삼으면 어떨까. 괜찮겠지, 그렇지?

누나, 나는 말이야 그때, 그 해변에서 말이야, 행복해지고 싶었던 것 같아.

같은 표정으로

같은 생각을

맞아요, 영화란 것이 그렇습니다.

영화 자체의 완성도와 작품성을 떠나 스크린 바깥의 것들로 기억되기도 하는 것입니다. 그 영화를 본 극장의 분위기, 누군가와 함께이거나 혼자 그 영화를 볼 때의 마음, 몰입된 장면에서 환기되는 나의 어떤 시절, 그리고 엔딩 곡과 자막을 신호로 현실의 스위치가 켜질 때의 아연함 같은 것들로. 극장에서 본 영화들의 목록은 특별한 날의 사진들을 모아놓은 앨범이라고 할 수도 있겠죠.

예닐곱 살 때 영문도 모른 채 엄마와 엄마의 친구—나는 오랫동안 그분을 나의 친이모로 알고 있었습니다—를 따라 처음 극장에 가본 기억은 남아 있지만 제가 본격적으로 영화를 극장에서 향유하기 시작한 건 성인이 된 후부터였어요. 그럼 중학생이거나 고등학생 때는 뭘 했느냐고요? 시험이 끝나면 친구들과 우르르 시내에 있는 극장을 찾아간 적도 있지만 그런 일은 퍽 드물었고 그때 본 영화는 할리우드에서 생산되는 전형적인 영웅담이었기에 제 감성과 그리 맞지도 않았습니다. 그러니까 그 시절 극장에 간다는 건 친구들과 시간을 보내기 위한, 조금은 의무적인 연례행사 같은 것이었죠. 소읍의 극장들을 헤매고 다니며 황금기 홍콩 영화를 섭렵한, 질풍노도의 시기를 극장의 시간으로 지나온 시인님이 부럽다고 말하고 싶은데, 시인님은 이런 말에 혹 난감해할까요.

김보라 감독의 「벌새」(2018)를 보면서도 그런 부러움을 느꼈답니다. 1994년, 겉으로는 그 어느 때보다 풍요로웠지만 안에서는 차츰차츰 경제 구조가 허물어지던 때, 김일성이 죽고 성수대교가 붕괴되던 그 문제적인 해, 열네 살의 은희는 연애와 우정과 반항과 흠모와 상실을 모두 경험하죠. 1980년생인 시인님은 그해의 은희보다 한 살 많은 열다섯 살이었을 테지요. 1994년, 저는 그때 아침 7시 등교와 밤 10시 하교라는 일상의 궤도에서 좀처럼 벗어날 수 없었던 고3 수험생이었습니다. 맞아요, 햇살에 빛나는 풍경에 차단된 채 웃음을 잃어가던, 시침이 너무 느리게 움직이는 이상한 시계를 차고 다니던 시절이었죠.

영화를 보고 나서 왜 제목이 '벌새'일까 생각했습니다. 저와는 다른 극장에서 이 영화를 보았다는 신미나 시인에게 그 이유를 아느냐고 물으니 벌새는 새 중에서 가장 작고 초당 80회가 넘는 날갯짓을 한다는 힌트를 주었습니다. 그리고 영화에서 벌새가 단 한 번도 직접적으로 언급되지 않아 좋았다는 말도 해주었죠. 그제야 감독의 의도를 조금은 알 것 같더군요.

은희는 열네 살 소녀의 표준인 듯 평범하게 살아가고 있지만 그 작은 세계에서 계속해서 날갯짓을 하고 있잖아요. 학교에 갈 때마다 생존을 걸고 재개발에 반대하는 문구를 봐야 하고 사랑은 마음처럼 되지 않고 사람들은 너무 쉽게 떠나가고 오빠라는 폭력은 꾸준히 은희를 괴롭히죠. 그 평범한 결핍이 저에게는 오히려 풍요로워 보였다고 한다면 옛날이 싫었다고 말하는 부류가 되는 걸까요.

그런데 곰곰이 생각해보면, 1994년의 내게도 은희의 세계와 겹쳐지는 지점이 있긴 합니다. 고민이 있으면 달려가서 다 털어놓고 싶은 선생님이 있었고 영원할 줄 알았던 단짝과의 유대가 갑자기 무너지는 걸 경험하기도 했으며, 가정과 학교에서 가끔은 왜 맞는지도 모른 채 맞기도 했습니다. 마치 은희처럼. 신나게 웃으며 떠들다가도 과잉된 불안과 허무 때문에 갑자기 얼굴이 어두워지고 했겠지요. 은희와 은희의 친구들처럼.

「벌새」를 보고 떠오르는 영화가 있었는데 그레타 거윅 감독의 「레이디 버드」(2017)였습니다. 두 영화가 비슷한 건 감독의 취향이나 깊이와 상관없이 10대의 풍요와 결핍이 시대나 지역을 뛰어넘어 비슷해서일 것입니다.

그 어느 때보다 모든 사람, 모든 환경, 모든 사건에 휘둘리고 아파하면서도, 또 누구보다 환하게 웃을 수도 있는 시절……

그래서 관객들도 자칭 '레이디 버드'인 크리스틴과 은희에게 공감하고 그들의 미래를 응원하는 것이겠지요. 스크린 안 그들을 보며 닮았구나, 말할 수 있는 조각이 들어 있으니까.

그러니 조금은 장담할 수 있습니다. 철원 읍내의 극장들을 순례하며 어둠 속에 혼자 앉아 있기를 자청한 김현과 서울의 강서 지역에서 뜨거운 얼굴을 숨긴 채 어서 학교를 떠나고 싶다는 마음으로만 버티던 나, 우리는 생의 어떤 모서리에서 같은 영화를 보며 같은 표정으로 같은 생각을 했으리란 것을요. 웃음의 결과 울음의 자세가 같았다는 것도요.

그리고 지금, 자기 생뿐 아니라 이 세계의 못난 모습에도 책임을 져야 하는 이 나이가 된 지금, 저는 이렇게 생각합니다. 10대에 그 나이에만 행할 수 있는 반항과 모험과 무모함을 모르는 것은 삶에 대한 예의가 아니라고요. 이런 생각을 하는 한, 시인님, 우리는 분명한 옛날 사람이겠지요. 옛날 사람이면서 동시에 곧 옛날이 될 현재를 사는 사람들일 것입니다.

대상포진을 이겨내고 보내준 편지에 담긴 시와 영화, 고마워. 본 것은 본 것대로 되새기고 못 본 작품은 시차를 두고 꼭 챙겨볼게. '능금을 들고 있는 밝은 현이'를 두근거리는 마음으로 기다리면서.

그런데 현아, 해변에서 행복해지고 싶다고 생각하며 우두커니 서 있었을 너의 실루엣은 다시 내게 작품을 쓰고 싶다는 소망을 안겨준다. 엔딩 신에서 클로즈업되는 배우의 뒷모습처럼 나는 며칠 동안 상상 속 그 장면을 가만히 들여다보곤 했어. 나는 이 장면을 가슴에 안고 있다가 (너만 괜찮다면) 문장으로 쓰고 싶다.

쓰게 되면, 그때 알려줄게.

가을에는 부디 아프지 말렴.

손가락을 움직여서,

씁니다

맞혔어요, 맞혔습니다.

'그 시절'에 관해 적어 보내며 이번에는 '벌새'를 답장으로 받지 않을까 예상했는데, 역시 은희(들)의 얘기를 적어 보내셨네요. 저도 얼마 전 「벌새」를 보았어요. 영화가 촉발하는 감흥 때문에 눈물을 꽤 쏟았습니다. 그 감정에, 목소리에, 몸짓에, 얼굴에, 눈빛에 어떤 이름을 붙여주어야 할지 한마디로 말할 수 없어서 이렇게 되뇌었습니다. 찬란하여 슬프도다. 그때의 이야기가 왜 지금의 저를 어루만졌을까요.

영화의 바깥에서 오래 서성였습니다. 한밤 책상 앞에 앉아서 손가락을 펴고 움직여보았습니다. 맞아요, 영화란 스크린 안의 세계와 스크린 밖의 세계를 연결하지요. 은희와 수희와 수희의 친구가, 나이와 성별도 다른 세 사람이 무너진 성수대교를 목격하며 침잠하는 장면에서 영화와 현실을 잇고 있던 제 다리 역시 세차게 출렁였습니다.

"어떻게 다리가 무너지니, 다리가⋯⋯"라던 영지 어머니의 말은 비단 '1994년의 참사'만을 떠오르게 하진 않지요. 1993년 서해페리호 침몰, 1995년 삼풍백화점 붕괴, 1999년 씨랜드 화재 사건, 2003년 대구 지하철 참사⋯⋯. 그 무력한 말은 오늘에 와 "구조하지 못한 게 아니라 구조하지 않았다"라는 유가족의 울부짖음으로 이어집니다. 은희(라는 세대)가 경험한 그 시대의 참사는 이 시대의 참사를 되돌아보게 하고, 가부장 제 폭력 피해 생존자로서 은희는 이 땅의 여성 혐오와 폭력 의 뿌리에 관해 통렬하게 질문합니다.

'우리한테 미안하세요?'

상식만천하 지심능기인(相識滿天下 知心能幾人). 얼굴을 아는 사 람은 천하에 많지만, 마음을 아는 사람은 몇이나 되겠는가. 이 영화는 무엇보다 한 사람의 마음을 아는 일이, 알기 위해 노력하는 일이 얼마나 감동적인 것인지를 일깨워줍니다.

다 똑같아 보이는 복도식 아파트(의 은희)로 시작한 영화가 '수학여행'을 떠나는, 무수한 은희들을 관찰하는 단 하나의 은희로 끝날 때 우리는 예감합니다. "제 인생은 빛이 날까 요?"라고 묻던 우리, 은희는 이제 "우리는 늘 누군가를 만나 무언가를 나눈다는 것. 세상은 참 신기하고 아름답다"라는 영지 선생의 말을 자신의 빛으로 삼게 되리라는 것을요(그런 데도 저는 이 엔딩에서 묘한 슬픔을 느꼈습니다. 누나, 아시다시피 수학여행을 떠났다가 돌아오지 못한 이들이 있잖아요).

누구보다 은희의 마음을 알아주던 영지 선생과 그런 영지 선 생을 따르는 은희를 보면서 누나의 소설 「산책자의 행복」을 떠올리기도 했습니다. 서로를 라오슈와 메이린이라 부르던 두 여성을. 사제 간인 두 사람을. 그들이 주고받지는 않지만, 마음으로 나누던 편지들을요. 그러고 보면 누나의 소설 속 인물들은 대체로 '편지'를 쓰는 사람이거나 편지를 쓸 수 있는 사람들인 것 같습니다. 누나의 장편소설 『단순한 진심』도 편지로 시작해서 편지로 끝이 나는 소설이잖아요. 저는 살아 있습니다(『산책자의 행복』), 이렇게 살아 있습니다(『단순한 진심』)라고 연이어 얘기하던 누나의 편지는 이제 또 어떤 삶으로 이어지게 될까요?

힘들고 우울할 때 손가락을 움직여보라는 선생의 말을 잊지 않고 있다가 기어이 죽음, 영원히 부재하는 자리(영지의 침대)에서 실행에 옮기는 은희의 모습이 기억에 남습니다. 그때 손가락을 움직이며 은희는 무슨 생각을 하였을까요. 그림을 그리던 손가락, 편지를 쓰던 손가락, 떡을 만지던 손가락, 마이크를 꼭 쥐던 손가락, 자신의 귀 뒤를 어루만지던 손가락, 카세트 녹음 버튼을 누르던 손가락, 찻잔을 감싸던 손가락……. 그 손가락들에 머물렀던 삶을 은희는 아마도 되새겨보았을 겁니다. 그리고 은희는 그제야 알려고 했겠죠. 영지 선생에게 향하던 자신의 마음이 아니라 영지 선생의 마음을요. 손가락이 잘린 노동자에 관한 노래를 나직하게 불러주다가 끝내 환하게 웃던 사람의 마음을요. "누가 널 때리면 어떻게든 맞서 싸워"라고 말해주던 사람의 마음을요. 해진 누나, 손가락을 움직이는 일이란 생각보다 더 많은 것을 느끼게 하고 이루어내게끔 하는 큰일인지도 모르겠어요.

지난주에는 누나가 보내온 편지를 읽다가 저도 모르게 탄식하며 문득 온라인에 연재되고 있는 이 공개적인 편지를 누군가가 읽고 있긴 한 걸까, 고개를 갸우뚱했습니다. 누나의 다정한 편지를 저 혼자만 읽고 있는 건 아닌지(그렇다고 해도 좋지만), '인별그램'에 '거기, 누가 읽고 있나요?' 물었습니다. 뜻밖에도 '여기 있어요!'라는 대답을 들었어요.

누나, 우리의 편지가 우리 둘만의 것이 아니었다는 사실을 이제야 저도, 누나도 알게 되었습니다. 우리의 편지는 우리도 모르는 사이에 누군가를 만나 무언가를 나누고 있었다는 것을요. 그들이 저희에게 편지를 보내준다면 어떨까요? 손가락을 펴고 움직여서 말이죠. (누나만 좋다면) 누나와 제 마음을 담아 그들에게 전하고 싶습니다.

이 편지를 읽고 계신다면 저희에게 답장해주세요.

한 사람을 위한 마음으로 쓴 편지를 한 사람이 마음을 다해 읽는 일만큼 아름다운 일도 없겠죠. 그것이 설령 부치지 못할 편지일지라도 그건 최선을 다해 아름답고자 하는 일일 겁니다. 그러고 보면 누나, 은희는 영원히 오지 않을 편지를 기다리는 수취인으로 살아가겠죠. 그렇지만 저는 그것이 평안한 일이라고 말하고 싶어요.

추신

쓰게 되길.

누나라면 해변에 우두커니 서서 행복해지고 싶다고 생각하는 사람의 마음을 누구보다 잘 적을 수 있을 거야. 누나는 옮기는 사람으로서 예를 지키기 위해 어떤 장면들을 오래 가슴에 안고 있는 사람이니까. 가슴에 담아두고 있는 장면들이 문장으로 옮겨지기 전까지의 시간을 누나가 불안과 우울함이 아니라 설렘과 기쁨으로 여기길 소망할게.

누나, 나도 가슴에 담겨서 떠나지 않던 장면을 가지고 시를 하나 적었어. 서로를 위하고 아끼며 살던 두 생명체가 이별하는 얘기지. 이렇게 시작해.

푸코는 승훈이와 살던/고양이//승훈이는 푸코를 좋아하고/푸코도 승훈이를 좋아해서/무슨 일이 벌어진 건 아니

다//행복은 꼭두각시가 아니므로

그리고 이렇게 끝이 나지.

승훈이는 푸코와 살던/사람

누나, 가을에는 부디 아프지 말렴, 이라는 안부가 가슴에 오
래 남아서 그 아침엔 잠시 멈춰 서서 하늘을 올려다보았어.
누나도 가을엔 아프지 말길.

To

현

그렇게,

우리는 조금씩은 외계인

시인님, 시간은 참으로 정직하게 흘러갑니다.

정직함 외에는 가진 것이 없다는 듯, 세상의 모든 진실은 '지나가다'라는 동사에 수렴된다는 듯, 그야말로 재깍재깍 혹은 똑딱똑딱 하는 균일한 리듬에 맞춰 흘러가는 것, 흘러간 뒤엔 절대로 돌아오지 않는 것, 그래서 우리를 좌절하게도 하고 견디게도 하는 것, 어쩌면 그것이 시간의 일인지도 모르겠습니다.

돌이켜보니, 놀랍게도 영화 이야기를 곁들여 시인님과 편지를 주고받은 지 벌써 일 년이 되어갑니다.

작년 이맘때, 처음 시인님에게 전달한 편지에는 이런 질문이 적혀 있었죠. 인간이 아름답다고 생각하느냐고, 시인이자 노동자이며 누군가의 애인이기도 한 김현은 인간에 대한 어떤 태도로 시를 쓰고 노동하고 사랑하느냐고도……. 그때 시인님은 '아름다운 슬픔의 조각'에 대해서 이야기했습니다. 인간은 아무래도 슬픔의 조각을 지니고 있는 것 같다고, 그러나 구십구 방울의 슬픔이 아니라 그 슬픔에서 가까스로 배어나오는 한 방울의 기쁨으로 살아가면 좋겠다고 말이에요.

그러니 시인님에게 보내는 마지막 편지에는 그 한 방울의 기쁨에 대한 이야기를 쓸 수밖에 없을 것 같습니다. 우리 저마다는 기쁨의 온도를 어떻게, 누구를 통해, 무엇을 하면서 지켜내는지 말이에요. 시간이 흐를수록 진정 궁금해지는 건 이렇듯 슬픔의 형태보다 기쁨의 방식에 관련된 것입니다. 이제 저는 이 삶의 채권자이기보다 채무자일 때가 많고, 생명 앞에서라면 언제라도 증언대에 설 수 있는 사람이 되어가고 있으니까요. 저 자신도 지정할 수 없는 어떤 시기에 저는 희망과 연대와 온기, 이런 단어들을 믿는 사람으로 개종한 듯합니다. 오래전, 아니 어쩌면 불과 몇 년 전까지만 해도 냉소적으로 바라보고 하찮게 다루곤 했던, 심연 없이 그저 천진하게 아름답기만 하다고 생각했던 단어들이죠.

2020년을 앞둔 입동 무렵엔 알리 아바시 감독의 「경계선」(2018)을 보면서 아름다운 단어들을 은밀하게 무시하던 그 시절을 잠시 떠올리긴 했습니다. 영화 속 티나가 그 시절의 저와 닮아서였을까요.

티나는 출입국 세관 직원으로 어엿하게 사회생활을 하고 있지만 그 생김이 보편적이지 않은데다 사람의 감정을 냄새로 맡을 수 있고 사랑을 나눌 때는 한 번도 의식하지 못했던 성(性)이 발현되기도 하는, 그야말로 인간과 비(非)인간의 경계선에 있는 인물입니다. 공항을 오가는 여행객들은 충분히 싸늘한 시선으로 그녀를 바라보고 그들 중 누군가는 그녀의 생김에 대해 쑤군대기도 합니다. 티나는 동족인 보레를 만나면서 자신이 단순히 못생긴 인간이 아니라 북유럽 신화에 등장하는 '트롤'의 후예란 것을 알게 되는데, 영화의 설정에 따르면 트롤은 한때 인간과 공존하며 살아왔지만 언제부터인가 각종 의학 실험의 대상이 되면서 멸종되다시피 했습니다. 티나는 보레를 통해 자신의 정체성을 알아가고 사랑의 행위를 배우게 됩니다.

솔직히 영화가 제가 원하는 결말로 흘러가진 않았어요. 오히려 다소 의아한 결말이어서 당황했죠. 그러나 티나가 보레와 함께 숲속 호수에서 수영을 하는 장면만큼은 정말이지 마음에 들었고 저는 흡족하게 웃을 수 있었습니다. 시인님, 인적 없는 숲속 호수에서 사랑하는 사람과 수영을 해본 적이 있나요? 하긴, 이런 경험은 너무 많은 조건—일단 비밀스러운 숲과 호수를 찾아야 하고 옷을 벗은 채 물속으로 들어갈 수 있을 만큼 날씨가 춥지 않아야 하며 무엇보다 수영을 할 줄 알아야 한다는—이 충족되어야 하므로 가능성이 아주 낮긴 할 거예요. 그래도 유사한 경험은 떠오르겠죠. 단둘만의 왕국에서 절대적으로 행복한 한순간을 경험하는 것 말이에요.

한 달 전, 저는 천사와 극장에 갔습니다.

그녀가 천사인 이유는 그녀에게 내 눈에만 보이는 천사의 성향이 있기 때문이고 그녀와 있을 때 나 역시 조금은 다른 사람으로 변해서이기도 하죠. 이를테면 질량은 가벼워지고 밀도는 느슨해지는 성분으로 바뀌는 기분이랄까요.

천사 씨와는 「날씨의 아이」(2019)를 보았어요. 공교롭게도 이 애니메이션 영화에도 특별한 능력을 가진 인물인 히나가 등장합니다. 끊임없이 비가 내리는, 단순히 이상 기후가 아니라 재난이라고 불러야 할 것 같은 도쿄에서 우연히 빛의 자리를 발견한 히나는 그날 이후 잠시나마 비를 멈추게 할 수 있는 능력을 갖게 됩니다. 일명 '맑음 소녀'가 된 것이죠. 히나는 가출한 소년 호다카를 만나 한동안 사람들에게 맑은 날씨를 제공하는 아르바이트를 하게 되는데, '하늘의 기분'인 날씨를 거스른 대가가 있으니 바로 히나의 소멸이었습니다. 세상 사람들은 히나의 소멸을 감수하더라도 날씨가 복원되기를 은근히 바라지만, 호다카는 세상을 위해 한 사람을 희생시키지 않겠다는 듯 온몸을 던져 히나를 구하죠.

그리고, 몇 년 뒤 도쿄는 저지대 대부분이 물에 잠기는 수중 도시로 변하게 됩니다.

시인님, 저는 두 영화를 보면서 우리는 모두 조금씩 외계의 존재라는 생각을 했습니다. 비록 트롤처럼 생기지 않았다 해도, 타인의 감정을 냄새로 알아볼 수 있다거나 맑은 날씨를 유도하지는 못한다 해도, 우리는 삶에서 때때로 남들과 다른 존재가 되지 않던가요? 거울 속 자신이 절대로 용납할 수 없는 괴물 같아 보일 때도 있지만 잿빛 세상에서 폐건물 옥상에 번진 빛을 발견하는 유일한 사람이 되기도 하잖아요. 섣부른 희망이란 덧없는 것이며 연대는 쉽게 부서질 수밖에 없고 온기는 눈 깜짝할 사이에 식어버린다고 생각하던 시절을 지나, 이제 저는 저 자신이 티나의 순간, 그리고 히나의 순간을 믿는 사람이길 바랍니다.

시인님, 그러니 저의 기쁨은 (성실하게 자라는) 식물과도 같습니다.

추신

현아, 나는 결국 해변에 우두커니 서 있는 인물을 소설에 썼어. 소설 속 그녀는 자신보다는 멀리 있는 사람들의 행복을 실체로 느끼고 싶은 사람이야. 그녀의 그 마음은, 떠난 푸코가 아직 이 세상에 남아 있고 남아 있을 임승훈 소설가에게 느끼는 마음과 같은 것이겠지.

그리고 이제, 이런 인사를 해야겠다.

일 년 동안 내 편지를 받아주고 답장을 해주어 고마워.

이 편지들이 묶여 책이 나오는 날, 그땐 내가 너에게 작은 동전 지갑을 사주고 싶다. 동전 지갑이 찰 만큼은 부자가 되라고, 그러니까 길을 걷다 목이 마르면 음료수 한 캔 정도는 언제라도 사 마실 수 있는 풍요로운 사람……

To
해진

우리 삶이

영화가 된다면

소설가님과 주고받은 편지들을 모아 읽었습니다.

하필이면 편지를 펼친 공간이 매번 버스나 열차였고, 시간은 밤이라서 처음부터 끝까지 이어 읽지 못하고 끊었다 다시 읽기를 반복했지요. 아니 일부러 그리하였는지도 모르겠습니다. 편지에 담긴 공기 때문이라고 한다면 이해하실까요?

소설가님과 편지—편지란 영화적이지요!—를 주고받은 지난 일 년을 제 나름으로 되돌아보았습니다. 이야기의 끝에 다다르면 매우 이성적인 사람도 얼마간 감성적인 사람이 되고는 하는데, 이성과는 다소 거리가 있는 저로서는 속수무책으로 감성적인 짐승이 되어 글자로 된 우정의 숲을 어슬렁거렸어요. 가끔은 맑은 시냇물에 발을 담가보기도 하고 "시간은 참으로 정직하게"라는 소설가님의 문장 뒤에 징검다리를 놓듯 말줄임표를 붙이고 건너도 보았습니다.

매일 똑같은 하루를 반복해서 사는 이가 등장하는 「사랑의 블랙홀」(1993), 친구로만 여겼던 이의 사랑 고백을 물리기 위해 '타임 리프' 하는 소녀가 튀어나오는 「시간을 달리는 소녀」(2006), 한 여인과의 완벽한 사랑, 완벽한 행복을 완성하기 위해 계속해서 시간을 넘나드는 남자의 이야기 「어바웃 타임」(2013) 같은 '시간에 의한' 영화들이 아른거렸어요. 뱀파이어

커플 아담과 이브가 나오는 짐 자무시 감독의 「오직 사랑하는 이들만이 살아남는다」나 드라큘라가 등장하는 수많은 영화도 삶과 죽음, 불멸이나 영생에 대해 질문하게 하므로 시간에 관한 영화라고 할 수 있겠습니다. 아, 우주의 탄생과 생명의 기원, 신에게 끊임없이 구원을 갈구하는 인간의 목소리를 담은 테런스 맬릭 감독의 「트리 오브 라이프」(2011) 같은 영화도 빠지면 안 되겠죠.

영화가 시간의 산물임을 최선을 다해 증명하는 영화도 있습니다. 리처드 링클레이터 감독의 「보이후드」(2014)입니다. 이 영화는 십이 년 동안 같은 배우들로 촬영을 이어가며, 여섯 살 아이였던 메이슨이 어른으로 성장하는 모습을 '사실적'으로가 아니라 '사실'로 담아냅니다. 성장을 재현하는 영화가 아니라 성장을 기록하는 영화지요. 이 영화가 종국에 실현하는 어떤 경이는 그러니까 한 감독(사람)이 영화 속 시간과 영화 밖의 시간을 어떻게 사랑하고 있는가를 확인하는 데서 찾아옵니다. 평론가 정성일의 말을 새삼 덧붙여볼 수도 있겠지요.

그 영화를 사랑하는 건 그 영화가 세상을 다루는 방식을 사랑하는 것이다. 그러므로 그 영화를 사랑하는 건 세상을 사랑하는 그 방법이다. (…) 언젠가 세상은 영화가 될 것

이다. 들뢰즈의 말이다. 나도 그렇게 생각한다. 이 사랑에
는 어떤 숭고한 면이 있다. 영화를 사랑하는 사람들은 그
걸 잊으면 안 된다.

— 55면. 정성일. 정우열『언젠가 세상은 영화가 될 것이다』바다출판사 2010

소설가님.

켄 로치 감독의 영화들을 떠올리며 적은 글들을 모아 묶은
저의 첫 번째 산문집『걱정 말고 다녀와』에 소설가님은 "나에
게는 시인 김현의 글과 삶이 영사되는 나 혼자만의 영화관이
있다"라고 시작하는 글을 보태어주었습니다. 그 다정한 언어
를 새삼 상기하자니 지난 일 년간 소설가님의 영화관에선 제
영화가, 제 영화관에선 소설가님의 영화가 동시에 상영되고
있었던 셈이구나, 하는 생각에 가닿더군요. 다시 한번, 시간
을 되돌리는 것처럼, 첫 편지처럼 소설가님께 이런 제 삶의 풍
경을 가만히 적어 보내고 싶어졌습니다.

소설가님에게 보내는 첫 번째 편지를 저는 이렇게 시작했지요.
"출근길 지하철에서 씁니다."

저는 무척 바삐 지내고 있습니다.

몇 주 사이에 대전, 대구, 광주, 제주를 다녀왔고, 금주에는 속

초에 자리한 책방 완벽한 날들에서 독자들과 만날 예정입니다. 낭독회나 작가와의 만남 때문에 서울을 벗어날 때면 늘 여행하듯 다녀오자 마음먹지만 얼마 전 밤 기차에서는 체력이 급격히 떨어져서 이제 그만 마무리해야겠다, 결정하게 되었습니다. 건강한 작가에서 허약한 직장인으로 태세를 전환했지요. 신기하게도 직장인일 때의 김현과 작가일 때의 김현은 전혀 다른 에너지원을 가지고 몸과 마음과 정신을 부리고 있는 게 아닐까 싶습니다. 직장인일 때 저는 '읽고 쓰는 힘'으로 버티고, 작가일 때 저는 '홍삼 농축액'으로 버티고 있다고 한다면 웃으실까요? 어쨌든 먹고살기 위해 일하며 사는 이들은 대체로 조금씩은 '이중생활'을 하고 있는 셈 아닌가요. 평일에 일하는 '나'와 주말에 쉬는 '나'는 분명 같지만 전혀 다른 사람이잖아요. 물론 전업으로 글을 쓰는 소설가님은 월화수목금, 토일이 아니라 전혀 다른 시간표를 가지고 훨씬 다채로운 생활을 하고 있겠지요.

그렇다면 소설가님, 우리 삶이 영화가 된다면 그 영화는 드라마에 가까울까요? 뮤지컬에 가까울까요? 공포와 스릴러에 가까울까요?
이렇게도 묻고 싶습니다.

울음과 웃음 중에 하나를 가지고 영화를 시작할 수 있다면 소설가님은 어떤 선택을 하실래요. 소설가님은 아마도 눈물로 시작해 눈물로 끝나고, 웃음으로 시작해 웃음으로 끝나는 영화는 시시하다, 여기는 편이겠죠. 웃음과 울음이 뒤범벅되거나 웃는 게 웃는 게 아니고 우는 게 우는 게 아닌 영화에 더 마음을 빼앗길 겁니다. 삶이 바로 그러하니까요.

소설가님.
영화가 삶이 된다면 소설가님은 어떤 영화를 고르시겠어요?

또 편지하겠습니다.

추신 ───────────────────────────

소설가님, 달력을 펼치고 시간을 이리저리 잘 쪼개 일정을 잡는 데서 희열을 느끼는 사람은 시간에 이끌려가는 것일까요, 시간을 이끄는 것일까요?
되풀이되는 듯 결코 되풀이되지 않는 시간의 흐름을 처음으로 깨달은 사람은 어떤 이였을지. 하루가 다르게, 새롭게! 완성되어가는 자연의 순환에 최초로 의미를 부여했을 그 사람은 보통 사람들의 눈에는 '외계인'처럼 보였을지도 모르겠습니다. 그이는 몇 날 며칠 나무 아래 누워 잎을 관찰하거나 해변에 앉아 멍하니 바다만을 바라보던 사람이었을 테니까요. 그리 생각하면 "우리는 조금씩은 외계인"이라는 말은 우리 각자가 남들은 쉬이 이해하지 못하는 방식으로 시간을 고유하게 사용한다는 말이기도 하겠다는 생각이 듭니다.

찍고 바로 확인할 수 있는 휴대전화나 디지털카메라 대신에 필름 카메라를 더 선호하는 사람은, 구형 MP3를 들고 다니며 저장된 음악을 듣는 사람은, 하루도 빠뜨리지 않고 밤 9시만 되면 물구나무를 서는 사람은, 불타는 금요일 밤에 세계 맥주와 과자 한 봉지를 앞에 두고 밀린 드라마를 몰아 보는 사람은, 오후 2시만 되면 어김없이 꾸벅꾸벅 조는 사무원과 탁상 모래시계를 구입해 수시로 앉고 서기를 반복하는 책상 생활자는, 인적 없는 숲속 호수에서 훌훌 벗고 수영하는 연인들은, 맑은 날씨를 유도할 수 있는 인물을 상상하는 창작자는, 세상(대의)을 위해 한 사람을 희생할 수 없다고 굳게 믿고 있는 연대자는, 무엇보다 작은 동전 지갑을 선물 받고 작은 동전 지갑을 선물하는 두 친구는 '동 시간대'라고 간단히 이름 붙일 수 있는 시간의 빛깔을 다채롭게 합니다.

소설가님.

타인의 삶을 염려할 때 우리의 삶은 비로소 과거가 아니라 미래로 향한다는 말을 하면 지나치게 거창한 것일까요. 그런 믿음이 마침내 사람이라는 말을 희망과 연대와 온기라는 말로 변화시킨다고 한다면 너무 틀에 박힌 걸까요.

2부

모모 님이라고
부를게요

From
해진

우리 각자의

장국영

1990년대에 모모 님*은 생의 어느 시기를 지나가고 있었나요?

10대였나요, 20대였나요? 물론 10대도 20대도 아닌 나이로 생의 빛을 작물처럼 키우고 있었는지도 모르고, 생명의 어떤 가능한 형태로만 떠돌아다니며 세상으로 나가기 위해 스탠바이를 하고 있었는지도 모릅니다. '레디, 액션'만 기다리면서요.

저는 10대 중후반부터 20대 초중반에 걸쳐 1990년대를 살았습니다. 한국 역사에서 최초로 문민정부가 출범했고 경제적 호황과 국가 부도가 공존했던 시절, 운동권과 오렌지족이 함께 캠퍼스를 거닐다가 밤이면 뒷면이 튀어나온 구식 모니터 앞에 앉아, 김금희 소설식으로 표현한다면 '망원경으로 밤하늘의 별을 관찰하는'(『센티멘털도 하루 이틀』 창비 2014) 마음으로, 모니터 저편의 닉네임들과 통신하던 시절이었죠.

그리고 또 하나, 바로 홍콩 배우가 있었습니다.

지금은 한류가 대세라지만, 그 시절엔 홍콩 배우가 수많은 '덕후'를 양성했죠. 저는 영화를 볼 때마다 사랑하는 배우가 바뀌곤 했는데, 가장 처음 마음을 뺏긴 배우는 여러 도박 영화에서 개구진 표정으로 천재적인 도박꾼 역할을 했던 주윤

* 지금부터 저희의 편지를 받게 될 당신을 '모모 님'이라고 부를게요.

발이었고 그뒤엔 냉정한 로맨티스트로 자주 등장하던 유덕화였습니다. 황홀하고도 기품 있던 왕조현과 장만옥을 흠모하기도 했고요. 사려 깊게 고독한 인물을 표현하는 데 최적화된 눈동자와 주름을 가진 양조위도 빼놓을 수 없죠.

배우들을 좋아한 순서가 정확하게 기억나지는 않습니다. 다른 배우를 좋아하게 되었다고 이전에 좋아하던 배우를 더 이상 좋아하지 않는 것은 아니니, 사실 그 순서란 것도 의미가 없긴 합니다. 기억은 뒤죽박죽이지만, 어느 순간부터 마음이 가장 순도 높게 응축된 채 가닿았던 배우가 장국영이었다는 건 분명합니다.

그의 얼굴을 언제 처음 제대로 본 것일까요.

돌이켜보면, 제 주변의 모든 사람이 한번쯤 장국영을 사랑했습니다. 이런 식이죠. 어쩌다가 우연히 장국영이란 이름이 화제에 오르면 돌연 모두의 얼굴에 흡족한, 흡족하면서도 애틋한, 동시에 세상 전부라도 껴안을 수 있을 것 같은 관대한 표정이 떠오르는 것입니다. 사랑은 그냥 찾아오는 게 아니라 계기가 있어야 하잖아요. 그렇다면, 저와 제 주변의 모든 사람들, 물론 모모 님도, 장국영을 사랑할 수밖에 없어서 사랑하게 된 순간을 경험했다는 의미가 될 테죠. 수많은 사람들이 생애의 어느 순간에 동일한 배우에게 빠져든 순간이 있다는 것이, 그리고 우리가 아무리 나이 들어도 그 순간은 영원이라는 투명한 막 안에서 보호받으리란 것이 신기하면서도, 다른 한편으로는 '장국영이니까' 하는 생각도 듭니다.

며칠 전 극장에서 「패왕별희 디 오리지널」(1993)을 보았습니다. 전염병의 시대이긴 하지만, 이 영화는 놓치고 싶지 않았습니다. 장국영을 향한 제 몫의 '사랑의 순간'은 이 영화에서 시작되었으니까요. 무려 삼십여 년 만에, 저는 이 영화를 처음 봤을 때의 그 순간으로 거슬러가고 싶었습니다. 그 순간의 장국영, 그리고 장국영을 사랑하게 된 그때의 저를 소환해보고도 싶었고요.

공중전화 부스 안에서 죽어가면서도 아내와 통화하는 장국영, 러닝셔츠에 트렁크 팬티를 입고 맘보 춤을 추는 장국영, 부에노스아이레스를 가로지르는 택시 안에서 연인의 어깨에 기대는 장국영, 그 외에도 노래하고 춤을 추고 총을 쏘고 검을 휘두르는 그 다양한 장국영 중에서 저는 무대에 완전히 몰두한 경지를 보여주던(「블랙 스완」(2010)에서 내털리 포트먼이 연기한 니나의 경지에 겹쳐지는), 그러면서도 상대 배우이자 가장 친한 친구이고 동시에 연정을 품은 시투를 젖은 눈동자로 바라보던 경극 배우 장국영의 얼굴에 순식간에 반했던 듯합니다.

세상의 표면만을 알아가는 것도 벅찼지만 언제나 온 마음을 다해 사랑에 빠질 준비가 되어 있던 고등학생 시절이었죠.

영화는 세 시간에 걸쳐 상영되었습니다.

초저녁에 극장에 들어갔는데, 극장에서 나올 땐 이슥한 밤이었습니다. 마스크를 다시 쓰고 거리로 나와 내처 걸었습니다. 알다시피, 장국영은 2003년 만우절에 홍콩 만다린 오리엔탈 호텔 24층에서 투신했습니다. 당시 그는 마흔여덟 살이었으니, 살아 있다면 어느새 60대 중반이 되었겠지요. 장국영의 60대 얼굴이라면 볼 수는 없어도 짐작은 됩니다. 눈빛은 좀처럼 늙지 않으니까요. "한번 웃으면 온 세상이 봄이요, 한번 훌쩍이면 만고에 수심이 가득하다"라는, 영화 속 두지이자 청데이, 동시에 우희에게 바쳐진 이 대사는 장국영이란 배우에게 헌사해도 부족함이 없을 것입니다.

영화를 본 그 봄밤은 조금 추웠지만, 저는 제가 걸을 수 있는 가장 먼 곳까지 가보고 싶었습니다.

모모 님은 언제, 어느 곳에서 그의 얼굴을 보았나요.

모모 님이 스크린 속 장국영의 얼굴을 남다르게 보았던 그 장면 역시 모모 님의 인생에선 영화처럼 남아 있을 테니, 우리 각자의 장국영은 결국 우리 각자의 영화라고 해도 무방하겠지요. 한 시절의 배우는 사라져도 그 영화는 지금도 상영 중일 테고요. 언젠가는 만우절 농담처럼 생의 스크린에서 사라질 연약한 우리가 할 수 있는 일은 사랑으로 출렁이는 밤을 더 많이 갖는 것, 그뿐인지도 모르겠습니다. 그것이 우리가 영화를 보는 이유 중에 하나이기도 할 테지요…….

서
울
아
트
시
네
마

한때는 낙원상가 4층에, 지금은 종로3가역 포장마차 거리에 있는 '알(내 친구가 부르던 애칭이다)'에서 영화를 본 저녁들마다 나는 행복했던 것 같다.

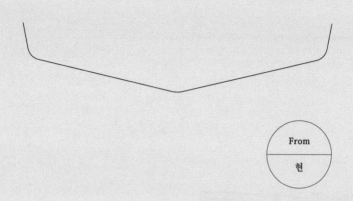

From

현

남겨진 것들을 위한

빛

"얼마 전, 단짝이 세상을 떠났습니다. 친구와의 추억이 생각나 너무 힘드네요. 자꾸만 휴대전화를 만지작거려요. 연락해 보고 싶어요"라며 가슴을 쿵쿵 때리는 모모 님께.

모모 님 안녕하세요?

오늘 모모 님의 편지를 받고 저는 대학 시절 동아리 방에서 기타 치며 노래를 불러주던, 지금은 소식이 끊긴 한 친구의 얼굴을 그려보았습니다. 발 냄새가 구수했던 그 친구가 어느 밤에 느슨한 마음으로 들려주던 노래에는 힘들고 지쳤을 때 전화하라며 전화카드를 쥐어주는 이와 그 전화카드를 바라보다 눈시울이 붉어지는 이가 등장했습니다.

친구를 먼저 떠나보낸 가슴 아픈 얘기 속으로 아직 살아 있을, 제 친구를 불러들여 죄송합니다. 그런데 우리는 매번 그러하지 않나요, 죽음 앞에선 생명을 꼭 붙들게 되지요.

저 역시 오래 어울려 지냈던 친구를 먼저 떠나보낸 경험이 있습니다. 그도 투병 생활을 했지요. 아픈 몸을 열심히 살았습니다. 이런 말은 괜찮은 걸까요? 친구는 살고자 하는 의지가 강했으나 몸을 지키지 못하고, 마음을 닫고, 숨어 지내다가, 평온히 눈감았습니다. 평온히…… '고요하고 안온하게'라는 이 부사의 의미를 새삼 되새겨보게 된 건 친구의 가족으로부터 전해 들은 그의 마지막 나날들 때문이었습니다. 되돌아보기. 산 사람의 몫이란 이토록 간단한 것인지도 모르겠습니다. 제 친구는 끝에 다다라서야 비로소 빗장을 풀고 마음의 문을 연 후에 한 줄기 가느다란 빛을 내보였다고 해요. 이런 말을 하였다지요.

"친구들이 보고 싶어요."

장례식장에서 그런 말을 전해 듣고 똑바로 앉아 있을 사람은 없지요. 육개장에 슬픔을 말아 술술 떠먹다가 친구의 영정에 허옇게 드리운 빛의 흔적을 기억해내서 저는 벗어둔 신발을 깜박하지 않았습니다. 장례식장을 돌아 나오며 속삭였지요.

'그래, 너는 빛으로 가득하구나.'

사람은 누구나 저마다의 빛을 내면에 간직하고 있지요. 제 친구는 찬란한 쪽보다는 은근한 쪽이어서 미소가 은은했습니다.

모모 님의 친구는 어떤 빛을 발산하는 사람이었나요?

죽음이란 어쩌면 빛이 가득한 문 뒤에 있는 작디작은 알갱이에 불과하진 않을까요. 이런 비유는 지나친가요. 허무맹랑한가요. 그렇지만 그리 생각해야 우리는 죽음을 담대히 받아들이며 산 사람은 살아야지 같은 말을 내뱉을 수 있습니다.

친구의 죽음을 통과하며 저는 사는 동안 더 많은 기쁨을 누리기로 마음먹었습니다. 그 기쁨을 산 사람들과 나누자고요. 그런 의미에서 애정을 주고받는 사람과 소래포구로 식도락 여행을 다녀왔습니다. 새우구이와 주꾸미데침을 휴대전화로 찍어 친구들에게 실시간으로 배달했지요. '봄이 오면 같이 오자'라는 글귀를 붙였습니다. 저세상에 사는(!) 이에게 연락해 보고 싶어 마음의 개펄에 발이 쑥쑥 빠졌지요.

휴대전화가 없던 시절, 모모 님은 친구에게 소식을 전하기 위해 편지지에 글월을 적고, 나무와 달과 둥근 얼굴을 그리고, 그 옆에 벗이라는 글자를 쓰고 빨간 우체통으로 향했겠죠. 답장을 하루도 채 기다리지 못하고 전화카드 한 장을 들고 공중전화로 달려갔을 거예요. 걸음이 마음을 따라가지 못해서 공중전화에 가까워질수록 달리게 되었겠죠. 전화를 끊을 때면 꼭 덧붙였을 겁니다.

오늘 달이 참 예쁘다, 곧 만나자.

좋아요를 누르며 빠르게 우정을 쌓는 요즘 같은 때에 이런 느린 우정의 진풍경은 잠시 눈을 감게 합니다. 생각의 말풍선을 띄워놓고 묻고 말하게 되지요.

자주 만나지 못하는데도 만날 때마다 식도락의 재미를 나눌 수 있었다던 모모 님의 친구는 달려오는 사람이었나요? 기다리는 사람이었나요? 어느 편이든 무척 다감한 사람이었음은 분명할 겁니다. 그런 이를 친구로 둔 모모 님은 또 어떻고요. 토실토실한 몸을 유지하기 위해 여러 음식을 참으로 복스럽게 먹던 제 친구를 저는 한 번도 단짝이라 불러보지 못했습니다. 두고두고 아쉬움이 남을 일이지요. 이런 저에 비하면 '단짝'이라는 말을 당당히 자신의 것으로 삼는 모모 님은 친구와 더 확실한 기쁨을 나누었다는, 사실!

그렇다면 모모 님.
늘 빛나는 쪽을 향해 갔던 두 사람의 대화와 둘이 나눠 먹은 음식, 주고받은 글귀와 사진, 고백과 위로를 되돌아보세요. 가까이 다가가 보세요. 모모 님의 단짝도 지금쯤 하늘나라에서 모모 님의 연락을 기다리고 있을 거예요. 오늘은 달빛 창가에서 친구에게 타전해보는 겁니다.

보고 싶다, 나의 단짝.
보름달을 좋아하는 아주 둥글고 순한 나의 빛.
먼저 떠난 이를 지나간 추억 속에 두지 않고 앞으로 쌓게 될 추억 속으로 불러들이는 것, 그리하여 계속해서 추억을 현재

진행형으로 만드는 것. 산 사람의 몫이란 또한 이토록 복잡한 것인지도 몰라요.

아! 제 끼순이 친구는 지금 어디에서, 누구와 함께 제철 주꾸미를 데쳐 먹고, 포동포동한 웃음을 짓고 있을까요. 오늘은 저도 하늘나라 친구에게 연락을 해봐야겠습니다.

추신

오늘 제 마음속 상영관에선 도리스 되리 감독의 「사랑 후에 남겨진 것들」(2008)이 상영 중입니다. 모모 님의 좌석은 '달빛 열 공중전화 석'입니다(잘 찾아 앉으세요).

사랑 후에 남겨진 것들.

한글 제목만으로도 여러 물음이 뭉글뭉글 피어오르는 영화지요. 원제인 '벚꽃(구경)'을 옆에 나란히 두면 인생은 한철이라는데 사랑은 한철이 되지 않나니, 하고 더욱 시적인 얘기를 해볼 수도 있겠습니다.

영화는 어느 노부부의 삶과 죽음을 다룹니다. 의사로부터 남편 루디가 곧 죽게 된다는 소식을 들은 트루디는 그 사실을 숨긴 채 둘만의 여행을 계획합니다. 베를린에 사는 자녀들을 보러 가지만, 쓸쓸하게 돌아와 결국엔 둘만의 여행을 떠나는데 그곳에서 트루디가 먼저 예기치 못한 죽음을 맞게 되지요. 이후 영화는 죽은 트루디를 '다시-떠나보내기' 위한 루디의 여정을 펼쳐보여요.

'부토(舞踏, '죽음의 춤'이라 불리기도 하는 일본의 현대무용)'를 배우고 싶어 했던 '아내의 그림자'를 따라 일본으로 간 루디는 부토를 추는 소녀 유를 우연히 만나게 되고 듣게 됩니다. 부토는 그림자가 추는 춤이라고요, 그림자는 살아 있는 것도 죽어 있는 것도 아니라고요. 누구나 그림자가 있으므로 누구나 출 수 있는 춤이 부토라고요. 생과 사가 따로 또 같이 있다는 이야기로 읽히기도 하지요.

끝내 트루디를 대신해 아니, 트루디가 되어! 후지산을 바라보며 부토를 추는 루디의 모습을 지켜보며 저는 새삼 되새겼습니다.

사랑 후에 남겨진 것들은 그 사랑을 산다.

From

해진

여성이 여성을

구한다는 것

안녕하세요, 또 접니다.

외출할 때면 종종 마스크 챙기는 걸 깜빡해서 현관을 나서 자마자 황급히 돌아서는 모모 님, 잘 지내셨나요? '코로나 블루'니 '코로나 블랙' 같은 신종 유행병이 더 생겼는데, 마음은 어떤가요? 특별한 일은 없는지요?

저부터 얘기해볼게요.

싱겁게도, 저는 여전합니다. 마스크 소지에 관해서는 지금도 단기기억상실증에 시달리고 있고(덕분에 팔다리가 고생하느라 운동 신경이 좋아졌을 정도입니다), 우울은 시간과 저란 존재의 접점 어디서나 찰랑거리지만 유난하게 보이지 않을 만큼은 다스리고 있습니다. 특별한 일이 하나 있다면, 최근에 서울국 제여성영화제에서 주최하는 씨네페미니즘학교로부터 강연을 의뢰받았다는 것 정도일 것입니다. 몇 년 사이 여러 북토 크를 다녔지만 영화에 대해 이야기하는 자리는 처음이니, 충분히 특별한 거겠죠?

강연을 수락한 뒤 담당 직원과 강연에서 상영할 영화에 대해 상의하다가 「미쓰백」(2017)을 떠올리게 됐는데, 사실 그때껏 저는 이 영화를 정식으로 보진 못했습니다. 영화를 정식으로 본다는 것이 제작사와 배급사의 로고가 떠오르는 화면부터 엔딩 크레딧이 올라가는 화면까지를 향유한다는 의미라면 말이에요. 「미쓰백」을 보게 된 계기는 우연이었습니다. 몇 달 전, 휴대전화에 깔려 있는 웨이브 앱을 무심코 열었을 때 이 영화가 보였고 역시나 무심코 클릭을 해본 게 다였죠. 영화는 시작된 지 절반 정도가 지나 있었습니다. 앞부분을 놓친 데다 작고 금이 간 휴대전화 액정(휴대전화를 곧 바꾼다는 명목으로 육 개월 넘게 깨진 휴대전화를 쓰고 있는 사람, 저 말고 또 있겠죠?)으로는 영화에 집중하기가 쉽지 않은 형편이었죠. 하긴, 휴대전화로 보는 영상이란 대개 그렇긴 합니다. 주로 청소를 하거나 빨래를 갤 때, 집이나 식당에서 혼밥을 할 때, 신문을 들춰보고 구름인 양 떠다니는 고양이 털을 낚아채고 택배와 소포 상자를 뜯을 때, 휴대전화 속 영상은 저에게서 큰 관심을 받지 못한 채, 그러니까 제 세계와는 독립된 채로 흘러가곤 하니까요.

그런데, 참 이상하죠.

'씨네'와 '페미니즘'이라는 매혹적인 두 단어가 결합된 그 합성어를 들었을 때, 극장에서 보았던 영화들보다 휴대전화로 중간부터 대충 흘려본 「미쓰백」을 먼저 떠올렸다는 것이요. 직원과 통화를 마친 뒤 네이버에서 영화 이용권을 구매하여 이번엔 정식으로 다시 영화를 보았습니다. 영화를 다 보고 나서야 제가 이 영화를 인상적으로 기억하는 이유를 알 것 같았습니다. 일단 이 영화가 최근 저와 제 주변 사람들을 분노와 비통에 휩싸이게 한 아동 학대를 다루었기 때문이고, 더 큰 이유는 그 아이를 구한 사람이 여성이라는 설정 때문이었습니다.

사실 「미쓰백」은 상업영화가 쉽게 수용하는 타협점이 또렷이 보이는 영화이긴 합니다. 악인이라는 역할에만 충실한 안타고니스트(antagonist, 작품 속에서 주인공에 대립적이거나 적대적인 관계를 맺는 인물), 주인공과 악역의 마지막 싸움을 위한 다소 극단적인 연출, 미쓰백이 위태로울 때마다 때맞춰 나타나 도움을 주는 형사 장섭이라는 인물과 이 인물에게 부여된 쓸데없이 과도한 폭력성, 제 눈에는 모두 타협점으로 보였습니다. 그럼에도 이 영화가 소중한 건 그만큼 여성이 약자를 구하는 서사가 희소하기 때문이겠죠.

물론 최근 여러 장르에서 여성 서사의 비중이 확대되는 추세이긴 하지만, 여성이 한 생명을 구하는 구원자가 되는 이야기는 아직은 부족하다는 생각이 듭니다. 여성이 여성을 구하는 이야기라면 그 이야기의 어느 지점에서 특별한 점화가 가능하리란 기대도 되고요. 마틸다를 구하는 레옹(「레옹」 1994)과 소미를 구하는 아저씨(「아저씨」 2010)에게는 없는, 그러니까 연약한 여자아이를 구하며 애정과 헷갈려하거나 죽은 아내와 동일시하는 구원이 아니라 구원하는 사람과 구원받는 사람이 함께 절망과 희망을 찾으며 결국 삶의 의지까지 공유하는, 그야말로 그 자체로 '점화'하는 이야기…….

「비브르 사 비」(1962)의 명장면, 주인공 나나가 극장에서 고전 영화 「잔 다르크의 수난」(1928)을 보는 장면, 정확히는 영화 속 잔 다르크와 영화 밖 나나(물론 관객에게는 두 겹의 영화 속 장면이지만요)가 함께 눈물 흘리는 장면이 떠오릅니다. 나나 주변의 남자들은 나나를 소모하고 파멸로 이끌 뿐이지만, 나나가 만난 적도 없는 역사적 인물인 잔 다르크는 잠시나마 그녀에게 가면을 벗고 실컷 울 수 있는 시간을 마련해주었다는 점에서 이 영화는 구원자로서의 여성이 다양하게 표현될 수 있다는 걸 보여주었다고 저는 생각합니다.

애틋하게 사랑스러웠던 영화 「벌새」에서 영지 쌤이 은희에게 무기력한 절망 속에서 의지를 일깨워주는 장면(그 유명한 "손가락을 움직여"라는 대사!)과 두 여성 인물이 서로에게 더 이상 죽고 싶지 않다는 마음과 예술적 영감을 동시에 전해주는 「타오르는 여인의 초상」(2019) 속 여러 아름다운 장면도 떠오르고요.

그러니 모모 님, 우리에게는 할 일이 또 생긴 셈입니다.

여성이 여성을 구하는 장면, 구원받는 여성을 대상화하지 않고 구원하는 여성을 영웅화하지 않는 장면, 서로가 서로를 구원하는 그런 장면을 상상하는 것 말이에요.

이번 서울국제여성영화제에서 저는, 이 이야기를 하려고 합니다.

<hr>

추신

그야말로 가장 아름다웠던 시절의 위노나 라이더와 에단 호크가 나오는 「청춘 스케치」(1994)에는 "우린 이것만 있으면 돼. 담배 몇 개비, 커피 한 잔, 그리고 약간의 대화, 너, 나, 그리고 5달러"라는 대사가 나옵니다.

저라면 이 대사를 이렇게 변형할 듯합니다.

"……책과 영화, 맛있는 음식과 좋은 사람들이 있는 식탁, 그리고 서로를 구원하는 이야기를 상상할 수 있는 책상."

영화적인 상상력과 무관하게 우리의 실제 삶에서도 구원하고 구원받는 것은 가능하겠죠. 아니, 가능하게 하기 위해 노력해야 할 테죠.

모모 님의 삶에서는 「청춘 스케치」의 저 대사가 어떤 대사로 변형될지 궁금한 밤입니다.

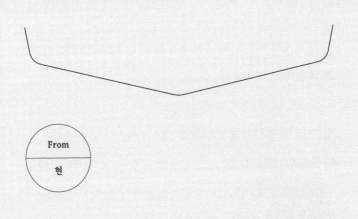

From

현

시라는

선생님

그때 그 선생님은 어떻게 지내고 계실까, 문득 생각에 잠기는 모모 님께.

십수 년 만에 동창들을 만났습니다. 서먹서먹할 줄 알았는데 어제도 만난 사이처럼 신이 나더군요. 하하 호호 속닥거렸습니다. 저희의 대화가 어디로 흘러갔을지 대충 짐작하시겠죠? 우리 꾸러기들은 잘도 웃고 울며 학창 시절을 보냈더군요. 그 옛이야기 속으로 종종 그리운 선생님들이 등장했습니다. 무뚝뚝했지만 자상했던 선생님, 웃음 제조기였던 선생님, 복도에서 만나면 축 처진 어깨를 다독여주던 선생님을 추억하니 이야기의 가지는 '선생님 찾기 서비스'로까지 뻗어나갔습니다. 저와 제 친구들은 결국 그때 그 선생님은 어떻게 지내고 계실까, 맑은 술이 담긴 잔을 찬, 부딪쳤지요.

살다 보면 때때로 자의 반 타의 반으로 '인생의 스승'에 관해 생각해보게 됩니다. 그럴 때 머릿속에 하나둘 스쳐가는 얼굴이 있다는 건 다행스러운 일이지요. 최근 인생의 스승을 주제로 글을 한 편 썼습니다. 인생의 어느 순간에 무척 고마움을 느꼈던 선생님 서너 분의 얼굴이 아른거렸는데 그 얼굴들 사이로 '시'가 빼꼼히 얼굴을 내밀었습니다.

제가 시를 쓰는 사람이어서가 아니라 가끔은 시 한 편이 인생의 스승이 되기도 합니다. 시라는 선생님은 정답을 꼭 집어 말해주지 않고, 정답과는 거리가 먼 것 같은 말들을 통해 답을 이해하게 하지요. 말하자면 질문에 답이 있다고 조언해주는 사람 같다고 할까요? 그래서 시를 읽는 이들의 가슴속엔 정답이 아니라 질문이 차곡차곡 쌓입니다. 우리는 가슴에 질문이 많은 사람을 향해 말하지요.

'저이는 참 시적인 사람이야.'

시라는 선생님은 한 사람을 참으로 문제적인 사람으로 만듭니다.

여름이 되면 저는 늘 다니카와 슌타로의 「네로」(『이십억 광년의 고독』 문학과지성사 2009)라는 시를 찾아 읽습니다. 이 시에는 '사랑받았던 작은 개에게'라는 부제가 달려 있는데요, 그 개의 이름이 바로 네로지요. 사랑을 받았다고 적힌 걸로 봐선 현재는 사랑을 받지 못하거나 사랑을 받을 수 없는 처지에 놓여 있는 것 같습니다. 맞아요. 이 시는 열여덟 번의 여름을 아는 한 사람이 단 두 번의 여름을 알았을 뿐인 죽은 개를 떠올리며 적은 시입니다. 죽은 생물을 그리워하는 생물의 사연은 모르긴 몰라도 대체로 무척 처연하지요? 그런데 이 시는 그런 쓸쓸함과는 거리가 멉니다. 오히려 삶의 생동을 감각적으로 전달하지요. 죽은 개의 침묵과 새롭고 무한하게 넓은 여름이 온다는 인간의 말이 어우러지면서 읽는 이의 마음을 똑똑 두드립니다.

저는 이 시를 통해 매해 깨치곤 합니다. 올여름에도 무사하구나. 살아 있다는 큰 이유로 스스로 묻곤 합니다. 나는 지난 여름, 몇 해 전 봄, 그 계절에 죽은 사람들에게 부끄럽지 않은 생명인가, 하고요.

네. 시 한 편은 어느 한밤, 생과 사, 존재와 소멸, 부끄러움과 죄책감에 관하여 질문하게 합니다. 이불 속에서는 누구나 철학자이고, 몽상가이며, 시인이라는 것을, 우리가 오랫동안 잊고 있던 사실을 일깨워주지요.

어느 여름 마음의 잡목 숲에 고개를 처박고 슬퍼하고 있는 저에게 이제 그만 그곳에서 나오렴, 하고 말 건네준 것이 바로 작은 개, 네로, 시인, 시였습니다.

문득 궁금해집니다. 이름을 조곤조곤히 부르며 미소 짓던, 모모 님이 그리워하는 그때 그 시절 선생님은 어떤 분이셨을까요? 인생의 스승을 생각하면 어째서 나는 어떻게 살았는지, 사는지, 살아가야 하는지를 고심하게 되는 걸까요.

모모 님은 어떻게 지내세요?

시나 스승 하면 자연히 떠오르는 영화들이 있지요. "오 캡틴, 마이 캡틴"과 "카르페 디엠(현재를 즐겨라)"이라는 대사로 유명한 「죽은 시인의 사회」(1989)나 이 영화와 맥을 같이 하는, "나는 미래의 지도자를 키워내고 싶었어요. 지도자의 부인이 아니라요!"라고 외치는 「모나리자 스마일」(2003). 무엇보다 사랑에 빠진 우편배달부 마리오가 시인 네루다를 통해 은유에 눈을 뜨게 되는 과정을 담은 「일 포스티노」(1994). 세 편의 영화 모두 질문을 많이, 자주 던지는 선생이 등장하지요.

그리고 오늘 제 마음속 영화관에서는 「칠판」(2000)을 상영해 보려 합니다. 사미라 마흐말바프 감독의 이 영화는 이란과 이라크 국경 지대에서 칠판을 등에 지고 가르칠 학생을 찾으러 다니는 선생들의 하루를 그립니다. 학생을 찾아다니는 선생이라니, 궁금해지지요?

칠판이(선생이) 만나게 되는 사람들(밀수품과 장물을 운반하는 아이들, 고향으로 돌아가는 길을 찾아 헤매는 노인들, 어린 아들을 홀로 키우는 여인)과 분필로 글씨를 쓸 수 있도록 만든 널조각이 아니라 폭격을 피하는 방패, 들것이나 부목, 빨래걸이 등으로 사용되는 칠판의 풍경을 통해 영화는 "학생이 될 생각이 없니?"라는 (선생의) 물음에 "우리도 학생이 될 수 있나

요?"하고 (학생의) 물음을 던집니다. 그 묻고 물음은 이런 대
화와도 닮았습니다.

시가 될래?
시가 될 수 있나요?

곧 영화가 시작됩니다. 늦지 말고 와주세요.

From

해진

연애편지를

써본 적이 있나요?

우기입니다.

우기, 어쩐지 우울한 사람의 이름 같기도 하고 억울하게 생긴 동물의 이름 같기도 한, 뙤약볕과 열대야로 건너가기 전의 간이역 같은 시기……

이 우기에 저는, 연애편지에 대해 생각하곤 합니다. 문자나 이메일이나 DM(Direct Message)이 아닌, 그러니까 어떤 기기의 자판을 통과한 통일적인 글씨체의 텍스트가 아니라 그야말로 편지지에 직접 손으로 쓴 봉투 안 편지 말이에요. 그러고 보니 연애편지를 마지막으로 써본 적이 언제인지 기억조차 가물거립니다. 어쩌면 우리는 손으로 길게 쓴 연애편지가 사라져가는 걸 의식하지도 못한 채 2020년대를 살고 있는 건지도 모르겠어요. 제가 할머니가 된 훗날에는 박물관이나 도서관의 자료실 같은 곳에 가야 연애편지를 구경할 수 있게 될까요. 태어나서 단 한 번도 손으로 연애편지를 써본 적 없는 인류가 그런 행위를 구인류의 특성으로 규정하는 시대 속에서 모모 님과 저는 늙어가고 있을까요. 물론 「그녀」(2013)에서 호아킨 피닉스가 열연한 테오도르처럼 편지 대필가(대필가의 목소리가 개인적인 필체의 글씨로 자동 전환되는 영화 속 편지는 엄밀히 말하면 손(의 운동)과는 무관한 편지이긴 하지만요)가 어엿한 직업인 미래, 혹은 편지 쓰기에 특화된 AI가 우리의 책상 한편을 점령한 미래가 도래할 수도 있을 테고요.

그럼에도, 더 이상 연애편지가 연애의 필수적인 절차가 아니고 거의 대부분의 사람들이 연애편지라는 걸 망각한 채 살아가는 요즘인데도, 저는 다시 책상에 앉아 (부치지 않을) 연애편지를 생각하고 있습니다.

「윤희에게」(2019) 속 편지가 떠오릅니다. 특이하게도 당사자가 아닌 그들의 대리인에 의해 발송되고 수신되는 오타루발 서울행 편지, 그러니까 준의 고모 마사코가 준 대신 보낸 편지를 윤희의 딸 새봄이 윤희 대신 받아서 읽는, 대리인의 선택으로 통신이라는 편지의 기능을 되찾는 연애편지 말이에요. 오래전 사랑함에도 도망쳤고 버려진 기억이 있는, 그러나 서로의 안위와 행복을 누구보다 간절히 바라는 준과 윤희는 극히 조심스럽고 그들의 통신을 돕는 고모와 딸의 응원은 잔잔하게 가만합니다. 가만한 조력자들 덕분에 영화의 마지막에서 윤희와 준은 다시 만나게 되지만 그들은 격정적으로 끌어안지도 않고 지난 오해를 풀려고 애쓰지도 않죠. 그저 거리―아마도 서로에 대한 미안함과 용기의 분량을 가시화한 거리―를 두고 걸을 뿐입니다.

영화에서 윤희의 답장은 목소리로 전해지죠. 나도 더 이상

당신이 부끄럽지 않으면 좋겠다고, 왜냐하면 우리는 잘못한 게 없으니까, 용기를 내고 싶다고, 아니, 용기를 낼 수 있을 거라고, 그리고 이어지는 단 한 문장의 추신.

"나도 네 꿈을 꿔."

연애편지의 묘미는 이런 것이 아닐까요, 모모 님?

수많은 마음이 교차하지만 마지막 한 줄까지 읽어야 그 진심이 온전히 전해지는 반전 같은 것……. 저에게 윤희의 그 반전은 격정을 감추면서도 격정적이었고 '사랑해'보다 더 가슴 아픈 고백으로 들렸습니다.

그런 반전의 고백이라면 이와이 슌지 감독의 「러브레터」(1995)를 빼놓을 수 없겠죠. 이 영화는 1995년에 제작됐지만 국내에 개봉된 시기는 1999년입니다. 세기말이었죠. 모두들 세기말의 불안을 떠들고 있을 때 「러브레터」는 우리에게 순도 높은 첫사랑을 펼쳐 보였던 겁니다. 「러브레터」는 주인공 히로코가 죽은 연인인 이츠키의 비밀을 알고 싶어 오타루(역시나 오타루!)에 갔다가 그곳에서 자신과 꼭 닮은 여자 이츠키와 혼란스럽게 조우한 뒤 상실을 극복해가는 여정, 그리고 영화 후반부로 갈수록 조금씩 드러나는 이츠키들의 (첫)사랑, 이렇게 두 가지 이야기가 담겨 있죠. 고등학교 도서관 대출 카드 뒷면에 남은 초상화는 연애편지의 추신에 해당될 테고요. 바로 남자 이츠키가 그린 여자 이츠키의 흑백 얼굴……. 엔딩 신에서 여자 이츠키가 어쩔 줄 몰라하는 얼굴로 그 그림을 확인한 순간, "나도 네 꿈을 꿔"와 똑같은 질감의 목소리가 전해지는 것입니다.

편지는 아니지만, 「비정성시」(1989)에서 연인(영화 후반엔 부부)이 나누던 필담은 또 얼마나 사랑스럽던가요. 말하고 듣는 일에 어려움을 겪는 문청이 투쟁과 혁명과 신념을 이야기하는 친구들과의 식사 자리에서 소외되자 조용한 손짓으로 그를 불러 라디오에서 흘러나오는 독일 가곡 '로렐라이'의 가사와 그 전설을 종이에 써서 알려주는 관미의 애틋한 얼굴을 저는 오랫동안 기억했습니다.

모모 님, 사랑을 믿나요?

저는 관념으로서의 사랑이라면 때때로 믿고 때때로 믿지 않지만, 상대를 웃게 해주고 싶은 순간의 마음이라면 그 분명한 실재를 백 퍼센트 믿습니다. 그 마음들은 지속적이지는 못할지언정 간간이 깜빡이겠죠. 그리고 저는, 그 깜빡임이 절대적이고 영원한 사랑보다 덜 아름답다고는 생각하지 않아요. 우리가, 인간인 우리가, 절대적이고 영원한 존재는 될 수 없어도 아름답게 살다가 죽는 건 가능하듯이…….

모모 님에게 이 편지를 다 쓰게 된 지금까지도 저는 연애편지를 생각하고 있습니다. 첫 문장조차 시작하지 못했지만, 그 편지가 완성될 즈음엔 올해의 우기는 끝나 있을 테지요. 비록 제 연애편지가 영원히 부치지 않을 편지로 남아 있더라도요……

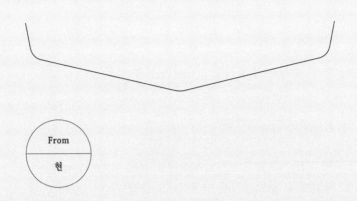

From

현

사랑은

잠 못 이루는 밤

"연애를 못 해 고민이에요. 도대체 제 반쪽은 어디에 있는 걸까요? 올해는 꼭 생기길……" 하며 잠 못 이루는 모모 님께.

꼭 생기길 바랍니다.

끝.

이렇게 두 줄로 편지를 마무리해도 좋겠다 싶어요. 아니, 실은 이런 말도 준비해봤어요. 졸업하면, 취직하면, 생길 것 같죠? 안 생겨요…….

킥킥. 그저 웃지요.

요즘 「섹스 앤 더 시티」를 다시 보는 중입니다. 1998년도에 첫 방송을 시작해 2004년까지 방영한 드라마인데, 뉴욕에 사는 개성 있는 여성들의 삶을 다룹니다. 며칠 전 보았던 에피소드가 모모 님의 사연과 어울리겠다 싶어 소개합니다.

칼럼니스트인 캐리는 어느 날 '남자 만나는 법'을 주제로 강연을 하게 됩니다. 자신도 우왕좌왕 연애하는 사람이면서 '글로 배운' 연애 방법을 멋진 척 설파하지요. 하지만 그 현장감 없는 말들은 청중의 호응을 끌어내지 못합니다. 마침내 캐리는 강연장에 모인 여성들을 일으켜 세우며 "어서 가방을 챙겨요! 여기 앉아 있으면 남자를 만날 수가 없어요!"라고 외칩니다. 그리고 그들을 이끌고 가까운 술집으로 가지요. 그곳에서 곧 여러 만남이 성사되는 건 불 보듯 빤한 일. 남자를 만나고 싶으면 배우지 말고 만나세요, 라는 캐리의 가르침은 명쾌합니다.

(아직) 못한 사람은, (언젠가) 한다!

모모 님은 연애를 못 하는 사람이 아니라 아직 하지 않는 사람일 뿐입니다. 힘이 좀 나시나요? 물어보고 싶어요. 모모 님은 연애하기 위해 마음을 먼저 움직이는 편인가요, 몸을 먼저 움직이는 편인가요?

가만히 앉아서 마음을 다스리는 '자만추(자연스러운 만남 추구) 인간'과 몸을 한시도 가만히 두지 않는 '인만추(인위적인 만남 추구) 인간'의 연애 성공률 같은 걸 누가 통계 내지는 않을 테지만, 어쨌든 후자가 확률적으로 더 많은 '썸의 주인공'이 되긴 하겠지요. 몸을 움직여야 마음이 움직인다는 얘기는 이상할까요?

누구에게나 꼭 한 번씩은 몸이 마음의 흐름을 만들던 시절이 있지요. 첫 연애의 시절. 그때엔 너나 할 것 없이 누구나 사랑의 화신! 마음이 가는 이와 우산을 나눠 쓰고, 장갑을 나눠 끼고, 도시락을 나눠 먹고, 버스를 함께 타고 서로의 질문과 대답이 되었잖아요. 어깨를 빌려주면서. 사귈래? 사귀자! 기억하시죠?

연애는 가만히 멈춰 선 사람이 아니라 수시로 움직이는 사람이 이룩해가는 거라고 얘기해드리면, '연애 추구형 인간'으로 거듭나는 데 조금이라도 도움이 될는지…….

그래도 마침, 이런 기분 좋은 움직임의 사례를 아는 바 덧붙입니다.

30대가 되도록 모태 솔로였던 제 친구는 연애할 생각이 없다던 한 사람을 만나 직진(!), 직진한 끝에 혼인. 지금은 신혼 생활을 만끽하고 있습니다. 연애, 참 알 수 없죠?

그럼, 이제 몸을 좀 움직여볼까요?

올해는 꼭 연애, 한다.

끝.

추신 ─────────────────────────────

지금 제 마음속 음악 감상실에서는 노라 에프론 감독의 「시애틀의 잠 못 이루는 밤」(1993) OST가 재생 중입니다. 방금 여덟 번째 트랙, 해리 코닉 주니어의 'A Wink And A Smile'이 끝났군요(윙크와 미소만큼 멋진 사랑의 무기는 없지요). 이어지는 노래는 태미 와이넷의 클래식 'Stand By Your Man'입니다(사랑하는 이의 곁에 서는 것이 어쩌면 연애의 참된 일). 참고로 셀린 디옹과 클라이브 그리핀이 부른 'When I Fall In Love'는 열두 번째 트랙입니다(사랑은 마음을 드리는 게 아니라 마음을 '전부' 드리는 것이라는 사실을 잊지 말길). 조금만 더 기다려주세요.

모모 님은 혹시 이 영화를 보셨나요?

영화는 서부 끝 시애틀에 사는 남자 샘과 동부 끝 볼티모어에 사는 여자 애니의 '운명적인 만남'을 다룹니다.

아내를 잃고 슬픔에 빠진 아빠 샘을 위해 아들 조나는 한 라디오 프로그램에 새엄마를 찾는다는 사연을 보냅니다. 샘은 얼떨결에 그 라디오 방송을 통해 아내에 대한 그리움과 추억을 고백하지요. 그 애틋한 사연 덕에 샘은 '잠 못 이루는 시애틀 씨'라는 애칭을 얻고, 그의 앞으로 수많은 러브레터가 도착합니다.

한편, 남자 친구 월터와의 혼인을 앞둔 애니는 우연히 샘의 라디오 사연을 듣고 강렬한 이끌림을 느낍니다. 고민과 결심과 포기 끝에 애니는 결국, 샘에게 편지를 씁니다. 애니의 편지를 받아본 조나는 샘과 애니를 운명의 짝으로 여기지요.

이후 조나의 활약에(?) 힘입어 두 사람은 사랑을 움직이기 시작합니다.

깜짝 놀랄 만한 스토리지요?

그런데 현실에서 불가능할 것 같은 사랑을 그리는 영화를 보면 괜히 두 주먹을 불끈 쥐고 현저하게 떨어졌던 '연애 에너지'를 한껏 끌어올리게도 되잖나요? 더군다나 사랑이 이루어지면서 끝나는 영화가 아니라 사랑이 시작되리라(!) 예감하며 끝나는 영화를 보면, 내게도 곧 어떤 마법 같은 사연이 배달되어 오리라, 쿨쿨 자면서도 꿈꾸게 되지요.

그런 의미에서, 혹시 모모 님께 편지를 전하고 싶은 분은 아래 주소로 보내주시길 바랍니다.

잠든시 꿈나라구 연애로24길…….

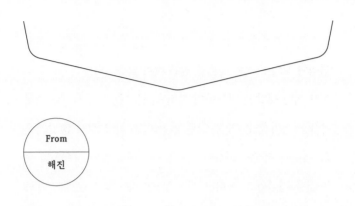

From
해진

끝을 알고도

선택하는 마음이라면

모모 님, 최근에 저는 온라인으로 진행된 북토크 행사에서 '진심이 무엇이냐'는 질문을 받은 적이 있습니다.

순간 어떤 대답을 내놓아야 할지 퍽 난감했죠. 진심이란 거짓이나 의심이 없는 마음, 그런 뻔한 말은 하고 싶지 않았거든요. 게다가 거짓과 의심이 제로인 마음이란 것이 지속적일 수는 없을 테니까요. 오히려 '어떤 장면이나 기억 덕분에 단단하게 응고되었다가 이내 흩어져버리는 순간적인 상태'가 진심의 속성에 더 가깝지 않을까요? 그래서 저는 감히 진심을 정의하지 못한 채 '진심이라면 적어도 후회는 하지 않는다'라는 답변만을 가까스로 내놓았을 뿐입니다.

그 행사가 끝나고 이제 한 달여가 흘렀습니다.

다시 일상으로 돌아온 저는 뜻밖에도 제가 내놓았던 그 답변에 자주 걸려 넘어지곤 했습니다. 왜냐하면 '진심인데도 고통을 겪었다면, 그래도 후회하지 않을 것인가?'라는 질문이 계속해서 이어졌기 때문입니다. 워쇼스키 남매 감독의 역작 「매트릭스」(1999)에서의 그 유명한 에피소드가 자연스럽게 연상되더군요. 선지자 모피어스가 주인공 네오에게 진실을 알고 싶다면 빨간 약을, 그 반대라면 파란 약을 고르라고 하죠. 그 두 개의 질문은 결국 같은 마음을 묻는 것일 테죠. 그러니까 안다는 것은 괴로움이기도 한데 그 괴로움을 감수하고 진실을 선택할 것인가, 혹은 과거를 반복할 것인가, 그런 의미에서······.

미셸 공드리 감독의 「이터널 선샤인」에서 연인이었던 클레멘타인과 조엘은 이별 뒤에 사랑했던 시절을 지웁니다. 영화에서는 기억을 부분적으로 삭제할 수 있는 기술이 상용화되어 있기에 가능했죠. 인생이 심심하고 스스로 빈 종이 같다고 생각하는 조엘과 매사에 매력적으로 충동적인 클레멘타인은 해변에서 우연히 만나 뜻밖에도 사랑을 시작하는데, 그들의 사랑은 때로는 격정적이었고 때로는 찬란했지만 결국 그 끝에서는 서로를 가장 아프게 하는 말로 막을 내립니다. 클레멘타인이 먼저 조엘과의 시절을 지우고, 그것을 알게 된 조엘도 일종의 배신감을 느끼며 기억 삭제를 선택하죠.

영화는 조엘의 머릿속에서 클레멘타인과의 추억이 지워져가는 과정, 동시에 조엘이 그 시절이 얼마나 아름다웠는지를 깨닫고 삭제를 거부하는 과정을 길게 보여주기 시작합니다. 그야말로 영화만이 가능한 여러 시각적 기법이 총동원되는 장면들이죠. 영화의 내용을 떠나, 인간의 무의식 깊이 들어가 영화의 언어로 펼쳐 보이는 이 장면들 때문에라도 저는 「이터널 선샤인」을 사랑할 수밖에 없습니다. 가령, 클레멘타인과의 추억을 지키려는 조엘이 그녀의 손을 잡고 전력 질주하지만 그들의 주변 사람들, 그들이 있는 건축물, 그들이 손에 쥐고 있는 가방은 차례로 지워져가고 결국 클레멘타인마저 지워지고 마는 장면 같은…….

아름다운 장면은 더 있습니다. 조엘이 몬턱해변으로 향하는 기차로 뛰어 올라가는 장면이라든지 꽝꽝 언 찰스강에서 조엘과 클레멘타인이 함께 누워 별을 올려다보는 장면을 저는 오랫동안 기억했습니다. 영화의 마지막, 사랑했던 기억을 지웠다는 것을 알게 된 두 주인공이 완벽하지 않지만 다시 서로를 받아들이기로 하며 "오케이"라는 대사(그리고 이 대사를 마지막으로 두 사람은 서로를 마주보며 울면서 웃죠, 벡의 아름다운 노래 'Everybody's Gotta Learn Sometime'은 연이어 흐르고요)를 주고받는 장면 역시 결코 잊을 수가 없었죠.

저는 「이터널 선샤인」을 네 번 보았습니다. 개봉 직후에, 이 글을 쓰는 지금, 그리고 그사이 십오 년의 세월 동안 두 번 더…….나이가 들어 이 영화를 다시 보니 어째서 이토록 마음이 아픈 걸까요. 예전엔 그 끝을 예감하면서도 다시 사랑을 시작하는 주인공들의 마지막 선택에 공감했는데, 지금은 더 이상 그럴 수만은 없다는 걸 깨달았기 때문입니다. 아마도 지난 십오 년 동안 제가 그만큼 비겁해졌기 때문이겠죠. 아무리 진심이어도 어떤 진심은 끝내 이해받지 못한다는 것을 알아버렸기 때문이기도 할 테고요. 이제 저는 「봄날을 간다」에서 은수가 내민 화분을 받지 않은 채 혼자 걸어가는 상우를, 그리고 「조제, 호랑이 그리고 물고기들」에서 결국 조제를 버리고 도망쳐 나오다가 눈물을 터뜨리는 츠네오를 예전보다는 조금 더 이해하는 사람이 되었으니까요.

모모 님은 어떤가요?

모모 님은 조엘과 클레멘타인처럼 "오케이"라고 말하며, 격정적이고 찬란했으나 결국 고통으로 남게 될 그 시절로 돌아가시겠습니까?

그래요, 라고 대답하신다면 그 역시 저는 이해합니다. 진심이라면 어떤 고통도 감내할 수 있고 아무런 후회도 하지 않는다고 저 역시 지지하고 싶으니까요.

그러나 모모 님, 그 진심이 퇴색되고 거부되는 과정 역시 진심이라는 이름으로 함께했던 시간에 포함된다는 것이, 나아가 내 진심의 순도를 강조하고 피력하는 것이 상대에게는 또 다른 상처가 된다는 것이 저를 주저하게 합니다. '어떤 장면이나 기억 덕분에 단단하게 응고되었다가 이내 흩어져버리는 순간적인 상태'가 지나면 행복했던 나날도 믿어지지 않을 만큼 강렬한 슬픔의 덩어리로 남는다는 게 저는 여전히 의아하기만 하니까요.

그리고 이 편지를 다 써가는 지금, 어쩌면 진심이란 그 후회마저 포함하는 것일지도 모른다는 생각이 듭니다…….

추신 ————————————————————————

저는 2013년 가을에 닷새 정도 뉴욕을 여행한 적이 있습니다. 여행 둘째 날에 몬턱행 기차표를 끊었는데, 표를 구매하고 나서야 몬턱에 간다 해도 돌아오는 기차표를 구할 수 없다는 걸 알게 되었죠(몬턱에서 뉴욕 시내로 돌아오는 막차는 일찍 끊기거든요). 결국 몬턱은 가보지도 못하고 대신 몬턱과 뉴욕 시내 중간 지점에 있는 포트 워싱턴까지만 갔던 기억이 납니다. 그 작은 항구 도시를 한없이 산책하다가 아주 작은 식당에 들어가 샌드위치와 커피를 마신 기억도 나고요. 이 경험을 저는 「시간의 거절」(『빛의 호위』창비 2017)이라는 단편 소설에 반영한 적이 있답니다. 여행을 하고 싶어도 할 수 없는 이 코로나 시대에 '시간의 거절'로 남은 몬턱과 포트 워싱턴, 더불어 「이터널 선샤인」을 연이어 떠올리는 밤입니다.
모두들 코로나19와는 싸우지 마시고, 다만 무탈하고 행복하시기를…….

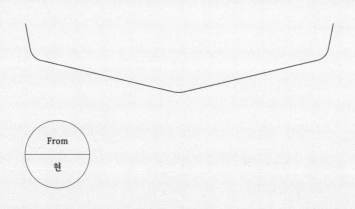

From

현

답장을

기다립니다

그리고 어딘가의 모모 님께.

어떻게 지내시나요?

멀리에서 여쭙습니다. 안부를 묻는 일이 이렇게 자연스러웠던 적이 있었나 싶은 요즘이네요.

저는 잘 지냅니다.

출근과 재택근무를 번갈아가며 하고 있고, 퇴근 후엔 책을 읽고, 영화를 보고, 틈틈이 글을 쓰고, '막사(막걸리+사이다)'에 보리새우미나리전을 곁들이는 상상을 하며 친구들과 랜선으로 수다를 떨곤 합니다.

얼마 전, 풀 옵션 원룸 생활을 끝내고 방 둘에 거실 하나, 화장실 하나, 작은 다용도실이 있는 집으로 이사한 은주는 살림을 새로이 들이는 재미에 빠져 있고, 연옥은 "이쯤 되면 굿즈를 사는 건지, 책을 사는 건지 모르겠네" 하면서도 굿즈를 아니 책을 또 사는 모양입니다. 용희는 지난여름 비바람을 뚫고 남해에 다녀왔는데, 흐린 날의 텅 빈 해변을 담은 영상은 보기만 해도 거기, 어딘가, 누군가를 그리워하게 만들었습니다. (기쁨이 부족한 삶이다, 어젯밤에도 대뇌였지만) 코로나 시대에도 우리는 이렇듯 기쁨을 향해 힘껏 나아갑니다.

9월이 되니 절로 "이제 가을이구나" 하는 소리가 나오고,

"올해 여름은 없었던 것 같아"라고 뒤이어 말하게 됩니다. "백로(白露)는 흰 이슬이라는 뜻으로……." 달력에 적힌 절기를 보면 그냥 지나치지 못해 그 유래를 찾아보고, 그 무렵 먹는 '시절음식(時節飮食)'에 눈길을 오래 두게 되더군요.

이맘때면 좋은 사람들과 노천 주점에 앉아 맛 좋은 안주와 맑은 술, 잔잔한 담소를 나누다 대취해서 왁자하게 잡담도 하고, 버스 타고 기차 타고 비행기 타고 멀리 다녀오며 내 집이 제일 편하다, 괜한 소리도 스—윽 하며 살아야 하는데, 그런 게 호시절인데. 이제 먼 얘기, 아득한 시절이 되었구나 싶습니다.

그러나 한 환경학자는 캘리포니아의 대규모 산불을 언급하며 "십 년 후에 우리는 그래도 2020년이 좋았구나, 하고 말하게 될 겁니다"라고 예언했습니다.

2020년 9월 10일에는 고(故) 김용균 씨가 사망한 태안화력발전소 작업장에서 다시 특수고용 화물노동자가 목숨을 잃었습니다. '위험의 외주화'가 부른 참사입니다. 사는 이야기 속엔 언제나 '뜻밖의 죽음'이 끼어들지요. 그리고 밝혀집니다. '그 죽음은 이미 오래전부터 예고된 것이었다.'

누구에게나 호시절이 있(었)다, 라는 말은 희망적이면서 동시에 절망스럽습니다. 알다가도 모르겠습니다. 아마도 저는 그런 걸 쓰게 되는 것 같습니다.

요즘 정말 알다가도 모르겠다는 건 사람의 마음입니다. 일단 남 얘기입니다.

마스크를 착용해달라고 부탁하는 사람을 '쓰레빠'로 때리며 나자빠지는 이, "젊은 여집사에게 빤스 내려라, 한번 자고 싶다 해보고 그대로 하면 내 성도요, 거절하면 똥이다"라고 스스럼없이 말하는 이와 그런 치의 말을 무조건 믿고 따르는 이들은 대체 어떤 마음을 품고 있는 걸까요? 그런 이들의 울화와 분노와 충동 그리고 맹신을 이해한다는 것이 가능하거나 가능해야 할 일일까요? '이해의 이해되지 않음'을 궁리해보게 됩니다. 가령, 그들은 왜 성폭력 가해 정치인을 정치적으로 먼저 이해하려 하는 걸까요?

지금부터는 제 얘깁니다.

부탁받을 때만 해도 쉬이 해낼 수 있을 것 같던 일은 좀체 진척이 없고(그러나 해냈습니다!), 친히 어울려 지내던 친구들에게 돌연 거리를 두기로 마음먹었습니다. 그 와중에 십수 년 동안 연락 없이 지냈던 동창들과 만나 술잔을 기울였습니다. 코로나로 인한 '집콕 생활'이 안온하다 싶으면서도 며칠 전에는 갑갑함을 참을 수 없어 방 두 개, 화장실 두 개, 너른 욕조가 있는 호텔 방을 빌려 발라당 누워 있다 왔습니다.

그런가 하면 어제만 해도 꾸역꾸역 글을 쓰고 앉아 있더니 바로 그 때문에 오늘은 자연스레 글을 쓰고 있습니다. 억지로 글을 쓰고 있다는 걸 애써 모른 척하다가, 울상이 되어서, 너 정말 그러고 있다, 녀석아, 인정하고 나니 꾸역꾸역 쓰지 않아야 쓰인다는 '쓰기의 진리'가 새삼 터득되었습니다.

꾸역꾸역 쓴 글은 바지 끈을 꽉 졸라맨 듯 읽는 이에게 갑갑함을 주지만, 자연스레 쓴 글은 헐렁하고 편안해서 한번 입으면 좀처럼 벗을 수 없는 '냉장고 바지'와 같은 기쁨을 선사합니다. 읽는 이가 헐렁헐렁 생각의 끈을 푸는 광경을 어떤 산문가가 꿈꾸지 않을까요.

자연스러움이 배인 산문, 하면 황인숙 시인이 떠오릅니다. 시인의 산문을 참 좋아합니다. 어제 있었던 일, 오늘 만난 사람과의 대화를 '그저' '옮겨' 적은 것 같은 그의 글은 자신은 물론 자신이 만났던 감정, 대화, 사람을 함부로 훼손하지 않습니다. 생활을 다룬 산문에서 이는 무척 중요한 덕목이지요.

'문학은 나에게 무엇이었고, 무엇이며, 무엇일 것인가'라는 엄청나게 무시무시한 주제를 가진 글의 첫머리에 "고료에 혹해서 내가 덥석 물었고 (⋯) 변죽을 울리다 매수를 채울 수 있겠다고 생각했다. (⋯) 앞으로 '문서 정보'를 몇 번이나 더 '처'보게 될까"(문학동네 100호 특별부록 『아뇨, 문학은 그런 것입니다』 문학동네 2019)라는 문장을 적어 넣는 넉넉함(?) 같은 건 또 어떻고요.

시인의 헐렁하고, 썰렁하고, 울렁거리는 '렁의 산문'은 숨통이 크고 넓어 읽는 이의 콧구멍도 뻥 뚫리게 하는 기분. 그러고 보면 '렁'이라는 글자는 그 자체로 바람이 잘 통하는 물체 같기도 합니다. 실제로 저와 오랜 우정을 쌓은 종윤이는 '렁자'라는 별명을 갖고 있는데, 매사 막힘없이 설렁설렁 삽니다.

그 옛날, 렁자는 욕실 문에 부딪혀 발가락 골절상을 입은 저에게 말했습니다.

"글 하나 나오겠네."

알다가도 모를 사람, 알다가도 모를 마음, 알다가도 모를 일은 다 알겠다, 다 몰라라 하는 것들보다 흥미진진한 면이 있지 않나요?

여기까지 오고 보니 '아, 그렇지 싶은' 제 쓰기의 습관이 생각납니다. 유독 산문을 쓸 때면 아주 구체적인 수신인을 마음속에 그려본다는 겁니다. 정시 퇴근을 못하고 사무실에 남아 차장이 싼 똥을 처리하는, 창가 자리의 모모 님. '어떻게 지내시나요?'라는 속말을 글 속에 넌지시 담아둔다고 할까요.

어떤 이는 그 말을 발견하고 '저는 잘 지내요' 하고 짧은 답장을 보내오고, 또 어떤 이는 그 말 때문에 '저는 이제 초저녁잠이 많은 사람이 되었어요. 그런데……' 하고 알다가도 모를 자신의 이야기를 전해오기도 합니다. 산문을 쓰면서, 쓰고 난 후에 느끼는 기쁨은 그러니까 사는 얘기가 담긴 편지를 기다리는, 그런 편지를 답장으로 받는 기쁨과 비슷합니다.

자, 그럼 모모 님은 이제 저에게 어떤 이야기를 전해오실래요?

기다리겠습니다.

초저녁잠이 많은 사람이 되어 그리운 벗에게 안부를 전하며.

그럼 이만 총총.

추신

추분(秋分)입니다. 추분이 지나면 점차로 밤이 길어져서 비로소 여름이 가고 가을이 왔다는 것을 실감하게 된다고 해요. 이 무렵의 시절음식으로는 버섯 요리를 대표로 꼽는다 하고요. '시절음식'이라는 말을 입에 넣고 가만히 굴려보았습니다. 무색, 무취, 무미. 시를 한 편 쓰게 되겠구나, 싶었습니다.

이 무렵 '시절영화'로는 어떤 게 좋을까요?

44년을 함께 지낸 부부의 이별을 담은 「어웨이 프롬 허」(2006)나 내 삶을 위해 '우리의 삶'을 기꺼이 포기하는 부녀의 이야기 「흔적 없는 삶」(2018), 제인 캠피언 감독의 「내 책상 위의 천사」(1991)는 어떤가요? 이런 영화는 제목만으로도 벌써 가을이구나, 싶은 기운을 전해주지 않나요? 가을은 독서와 사색의 계절! 뉴질랜드 작가 재닛 프레임에 관한 「내 책상 위의 천사」(1991)로 시작한다면 이렇게 '위대한 (여성) 예술가' 3부작을 완성해볼 수도 있겠습니다. 에밀리 디킨슨의 일대기를 다룬 「조용한 열정」(2016), 브뤼노 뒤몽 감독의 「까미유 끌로델」(2012).

그런데 이렇게 영화를 챙겨보다 보면 아무래도 초저녁잠이 많은 사람이 되기란 쉽지 않겠죠?

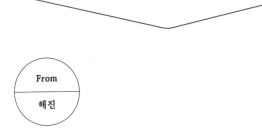

From

해진

추억 채집자의

임무

모모 님, 바람의 온도가 낮아지고 초록 대신 갈색의 농도가 새롭게 세상을 채워가는 이 환절기에 저는 마지막 편지를 쓰기 위해 이렇게 책상에 앉아 있습니다.

환절기, 저에게는 간이역과 함께 떠오르는 단어죠. 혹 모모 님에게도 짝패를 이루는 단어가 있나요? 단어를 모아놓은 제 머릿속 창고 안에는 사실 짝으로 존재하는 단어들이 꽤 있습니다. 등과 등을 맞댄 두 사람이 연상되는 짝패랄까요. 가령 바람과 풀잎처럼, 혹은 햇빛과 섬, (부치지 않은) 편지와 (우기의) 책상, 달리기와 헤드라이트, 고양이와 스웨터, 극장과 (빌딩 창문에서 흘러나오는) 불빛처럼……. 두 단어 사이에 놓인 사다리는 제가 읽은 시나 소설, 아니면 어느 한 시절 저를 통과한 감각을 통해 만들어졌을 것입니다. 아마도 명료한 논리로서가 아니라 흐릿한 이미지의 형태로, 환절기라는 임시적인 시간이 기차 안에서 스치듯 본 간이역의 풍경에 겹쳐졌듯이요.

이 편지를 쓰기 전에, 김현 시인과 씨네큐브에서 영화를 보았습니다. 향후 적어도 십 년 동안은 (부친) 편지와 짝패로 떠오르게 될 김현 시인에게 전화를 걸어 만나자고, 만나서 함께 영화를 보자고, 노트북이 아니라 극장의 스크린으로 영화의 장면들과 사운드와 대사들을 공유하자고 제가 먼저 제안했죠.

서울에서 광화문을 가장 좋아한다. 정동길과 교보문고, 그리고 씨네큐브가 있어서.

우리가 극장에 가는 건 '함께'로도, 그리고 '각자'로도 아주 오랜만이었습니다. 영화 약속을 잡을 무렵 코로나19로 인한 사회적 거리두기가 2.5단계에서 2단계로 내려온 덕분에 그런 호사도 가능했던 것이고요.

시인과 제가 선택한 두 편의 영화들에는 공교롭게도 제목에 '여름'이 들어가 있었습니다. 그와 영화를 매개로 편지를 주고받기로 약속했을 때는 에리크 로메르 감독의 「겨울 이야기」를 서울아트시네마에서 함께 보았는데 모모 님에게 보내는 마지막 편지를 준비하면서는 씨네큐브에서 「남매의 여름밤」(2019)과 「테스와 보낸 여름」(2019)을 보게 되었다는 것, 시인과 저는 이 우연이 절묘해서 잠시 웃기도 했습니다. 결국 이 책은, 아니 이 편지 뭉치는 겨울과 여름 사이의 계절—물론 우리의 겨울과 여름 사이는 단순히 봄은 아니라고, 그런 물리적인 시간의 계산법과 상관없는 또 다른 계절이라고 저는 믿고 싶어요—에, 그리고 종로3가와 광화문 사이의 거리에 머물게 된 셈입니다.

모모 님에게는 여름, 하면 가장 먼저 떠오르는 풍경은 무엇인가요?

일단 두 영화 속 여름의 풍경은 무척 다르긴 했습니다. 「남매의 여름밤」이 생활의 여름이라면 「테스와 보낸 여름」은 휴가의 여름이죠. 「남매의 여름밤」은 한 사람의 죽음으로 끝나고 「테스와 보낸 여름」은 한 가족의 탄생으로 끝나고요. 물론 영화와 상관없이 우리 대부분에게 여름은 어떤 특별한 추억의 은유가 아닐까 싶어요. 여름밤 옥상에서 맥주를 마셨다든지 한강을 뛰어다녔다든지, 아니면 왕성하게 생장하는 나뭇잎 아래서 누군가와 힘껏 포옹을 했다든지, 그런 특별함 말이에요. 좋았던 시절을 떠올리며 '봄날은 간다'가 아니라 '여름날은 간다'라고 중얼거리는 사람들도 아주 많을 테지요. 그래서인지 「테스와 보낸 여름」을 볼 때 저는 더 마음이 아팠답니다. 이별이 아닌 새로운 만남으로 귀결되는 영화인데도, 음악을 듣고 춤을 추고 입맞춤을 하면서 끝나는 영화인데도 말이에요.

아마도, 추억이라는 단어의 양면성 때문이었을 것입니다.

죽음을 생각하는 조숙한 소년 샘은 가족과의 휴가에서도 혼자 시간을 보내며 '외로움 적응 훈련'이라고 명명할 만큼 귀엽게 엉뚱한데, 그 연습의 끝에서 샘이 발견한 것은 추억의 소중함이었지요. 샘을 구해준 바닷가 오두막집 할아버지, 헤밍웨이의 『노인과 바다』의 주인공을 연상케 하는 그 고독한 할

아버지는 샘에게 말합니다. 최대한 많은 추억을 모으라고요. 어쩌면 우리의 정체성 중 하나는 추억 채집자인지도 모르겠습니다. 그래서 무모한 선택을 하기도 하고 무작정 여행을 떠나기도 하는 것이겠지요. 우정에든 사랑에든, 아니면 우정과 사랑 사이의 어떤 감정에든 정주하려 하는 것일 테고요.

그런데, 알면서도, 저는 조심스럽습니다. 어떤 추억은 시간을 거슬러와 현재의 시간마저 아프게 흔든다는 것을 어떻게 납득해야 할지 저 역시 아직은 잘 모르니까요.

그럼에도 모모 님,

바로 추억의 그 불완전함 때문에 저는 가까스로 말할 수 있을 듯합니다.

지금은 비록 '외로움 적응 훈련' 중에 있을지라도, 부디 추억 채집자의 임무를 잊지 말아달라고요. 맛있는 것을 먹고 달콤한 것을 마시고 길고 긴 길을 산책하고, 그리고 영화와 책과 여행에 대해 이야기를 나누는 동안 그곳이 어디든 추억의 집 한 채를 일구어달라고요. 그런 질료가 결국 삶이라는 것을 잊지 말아달라고요.

행복해주세요,

어제보다는 오늘 조금, 아주 조금이라도 더…….

현아, 영화가 끝나고 우리는 다시 단단히 마스크를 쓴 채 또 순이식당으로 갔고 생태찌개를 맛나게 먹었지. 생태찌개는 사실 혼밥에는 적합하지 않은 메뉴잖아. 1인분으로는 팔지도 않고 말이야. 온전한 2인분인 그 음식이, 그래서 나는 더 따뜻했어. 우리의 수저가 교차하는 동안, 반주로 맥주를 나눠 마시는 동안, 우리 각자의 삶과 주변의 삶에서 일어나는 일들을 이야기하는 동안, 나는 생각했다. 너에게 무리해서라도 극장에서 함께 영화를 보자고 제안한 건 잘한 일이었다고. 그리고 예감했지. 이제 내게 '여름'은 '행복'과, '행복'은 다시 '(팔팔 끓는) 생태찌개'와 짝패를 이루게 되리란 것을.

그날, 나와 행복을 나눠 먹어주어서 고마워. 종로3가의 빈대 떡과 광화문의 생태찌개 사이를 꽉 채우는 추억이 있는 한 우리는 행복할 거야. 현아, 그렇겠지?

그리고 모모 님, 여름과 가을 사이의 간이역에, 저는 이렇게 서 있습니다. 가깝거나 먼 미래의 어느 날, 이 편지를 읽으며 어느 여름의 추억을 싱그러운 웃음과 함께 떠올리는 모모 님의 소식, 그 형태 없는 타전을 기다리면서요.

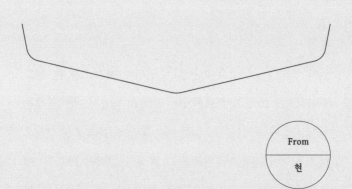

여름날의

추억

모모 님, 아니 해진 누나에게.

누나, 또 편지하겠다는 약속 기억하시죠?

어제는 괜스레 여러 사람에게 연락해 안부를 물었습니다. 싱겁다는 소릴 듣고 싶었어요…….

운명은 어째서 이렇게 가혹한 걸까요?

지난 여름 종양 제거 수술을 받았던 친구의 병세가 악화하였다는 소식을 전해 들었습니다. 의사로부터 "집으로 돌아가 편히 쉬세요"라는 말을 들었다고 해요.

저는 어쩔 줄 몰라 넋을 빼고 있었습니다. 할 수 있는 게 없어서 마음이 마구 갈팡질팡했어요. 건강을 기원할 수도, 안온한 마지막을 염원할 수도 없어서, 그저 친구가 덜 아프기만을, 집에서는 행복하기만을 바랐습니다. 친구를 어서 보러 가야겠다고 마음이 앞서다가도 친구의 얼굴을 보면 울음을 터뜨리게 될까 봐 몸을 웅크렸습니다. 집으로 가는 길이 세상에서 가장 가깝고 또 가장 멀다는 사실을 다시금 깨달았지요.

친구네로 놀러 갔던 일이 생각났습니다. 무사히 수술을 마친 친구를 보기 위해서였어요. 여러 사람이 식탁에 둘러앉아 친구가 손수 차려준 밥상을 마주했습니다. 청국장과 문어숙회,

갖은 나물무침, 풀치볶음 등이 올려진 '집밥'을 보며 모두 환호했습니다. 저 역시 몸에 좋은 음식을 챙겨 먹으며 건강을 회복하기 위해 애쓰는 친구가 보기 좋아서, 청국장을 넣어 쓱쓱 비빈 밥 위에 나물을 올려 먹으며 손뼉을 쳤습니다. 말수가 적고 천진한 웃음을 가진 친구가 사뭇 진지한 표정으로 문어가 면역을 끌어올리는데 좋다고 얘기해주자 다들 '맛있게' 고개를 끄덕였지요. 아픈 사람이 아프지 않길 바라는 마음을 '끄덕이는 마음'이라고 불러도 되겠더라고요.

배를 두드리며 친구와 함께 걸었습니다. 습기를 머금은 여름 저녁의 공기를 가르며 어서 건강해져서 더 먼 곳에 다녀오자 약속했지요. 헤어지기 전에 기념 촬영도 했는데, 사진을 찍고 보니 흰 글씨가 크게 적힌 길 위에 서 있더군요.

일방통행.

삶을 네 글자로 줄이면 이처럼 적을 수밖에는 없지만…… 친구에게 다른 방향의 삶이 있다면 얼마나 좋을까요.

해진 누나, 영화에서처럼 기적이 일어나길 바라기엔, 우린 너무 철들었죠?

행복하게 떠날 준비를 시작한 사람을 행복하게 보내주기 위해서 우리는 무얼 해야 할까요?

할 수 있을까요?

저는 아직, 모르겠어요.

'좋은 죽음'을 준비하는 법에 관한 책을 그렇게 읽어놓고도 말이에요. 여름밤, 창가에 앉아, 별을 올려다보며 물었습니다. 가장 큰 행복이 아니라 가장 작은 행복에 관해서요. 밥상 앞에 삼삼오오 둘러앉는 행복과 솔솔바람을 맞으며 함께 걷는 행복, 보고 싶을 때 만나자고 말할 수 있는 행복…… 작은 행복을 실천하는 일은 참 쉽다 싶어서, 더 가슴 아팠습니다.

누나, 누나의 소설 「가장 큰 행복」(『언니밖에 없네』 큐큐 2020)의 마지막 부분에는 "이별 후에도 사랑은 가능할 테니까"라는 말이 등장하지요. 쓸쓸하지만 따뜻하게. 진실한 깨달음이 대개 그런 것처럼. 그 사랑의 원동력은 모르긴 몰라도 크고 특별한 행복이 아니라 작고 소소한 행복일 거예요. 누구든, 언제든, 어디서든 볼 수 있는 앨범처럼. 누구나, 언제나, 어디서나 펼쳐놓고 보면 까르르 웃음이 터져 나오는, 마법 같은 힘을 가진 추억의 사진들처럼.

친구와 한 번 더 밥을 먹고, 한 번 더 산책하고, 한 번 더 사진을 찍어야겠어요. 그걸로 되겠다 싶어요.

한 번 더.

다른 삶을 위한 주문은 이토록 짧고 간단한데……

환희 씨, 그대와 함께 보낸 계절을 아름답게 기억하겠습니다
(이런 말을 일찍 적게 될 줄 미리 알았다면, 우리의 삶은 달라졌을까
요?).

아무에게나 말하고 싶습니다.

잘 지내나요?

저는 잘 지냅니다.

해진 누나, 우리, 사는 동안 최선을 다해 싱거운 사람이 되기
로 해요.

추신

「테스와 보낸 여름」을 함께 보고 나오며 누나가 들려준 말을
곱씹어보았어. 지금의 우리에겐 판타지가 필요하다고 했던가.
밝고 긍정적인, 희망에 찬 삶.
누나와 나는 이 여름에도 여전히 그런 '아름답고 소박한 사
랑의 기적'을 꿈꾸고 있네. 아니, 어쩌면 더 절실히 그런 삶을
소망하고 있는 것 같아.
누나, 나는 '내일의 시'에 '환희'라는 말을 적으려고 해.
"그 어떤 미래에도 사랑은 남아 있기를" 하고 소망하는 누나

의 마음에 힘입으면 어쩐지 해낼 수 있을 것 같아.

해진 누나.

지난 주말, 누나와 극장에 다녀오며, 공깃밥에 생태찌개 국물과 두부를 넣어 비벼 먹으며, 맥주 한 병을 나눠 마시며 행복했어. 누나와 걸으면서, 누나와 대화하면서, 누나와 편지를 주고받으면서도 행복했어.

알고 있어줘.

누나, 행복은 참 구체적인 형태지, 그렇지?

허공의 영화관에서

만나요

저는 영화광이랄지 씨네필과는 거리가 멀지만, 그래서 자타가 인정할 만한 영화광 혹은 씨네필을 만난다면 제 얄팍한 영화적 경험이 한없이 부끄러울 테지만, 그럼에도 아무리 대단한 영화의 대가 앞에서라도 이렇게는 말할 수 있습니다. 어떤 영화는 그 영화를 보았던 시절의 저를 살게 해주었다고, 그 영화들이 없었다면 저는 지금보다 훨씬 더 형편없는 사람이 되었을 거라고요…….

20대의 어느 시기에 「베니와 준」(1993)을 보지 않았다면 저는 스스로 직조해놓은 허무와 조소 속에 너무 오랫동안 매몰되었을지도 모릅니다. 당시 절친이자 멘토였던 J가 소개해준 영화였죠. 영화는 세상의 시선으로 보면 모자라거나 불안한, 그러니까 표준보다 함량 미달로 보이는 베니와 준이 그들만의 방식으로 서로를 웃게 하면서 조심스럽게 사랑의 감각을 배워가는 내용을 다루는데 사실 이런 줄거리는 평범하긴 합니다.

그러나 저는 확신할 수 있습니다, 이 영화를 본 사람이라면 누구든지 애틋하고도 흐뭇하게 웃게 되리란 것을요. 특히 준을 위해 어설프면서도 재기 넘치는 마술을 펼쳐 보이는 베니의 얼굴은 분명 그 웃음을 더 순도 높게 해줄 거예요. 제 20대의 연애는 대개 시시하게 실패하고 말았지만, 이 영화는 사랑의 가능성을 믿게 해주었고 단 두 사람의 공동체가 얼마나 먼 환상으로까지 열릴 수 있는지를 알게 해주었습니다. 「베니와 준」은 청춘 시절의 저를 꿈꾸게 해준 영화였던 것이죠.

노래하는 영화 「클린」(2004)과 「원스」(2006)는 제 30대 초중반을 높은 밀도로 채워주었습니다. 노래와 음악으로 아픔을 치유하는 인물(「클린」), 그리고 가난하지만 서로를 도우며 차근차근 앞으로 걸어가는 인물들(「원스」)은 제게 다시 살고 싶다는 뜨거운 의지를 증여해주었죠. 저는 지금도 「클린」 속 에밀리 역을 맡은 장만옥 배우가 멋지게 담배를 한 대 피운 뒤 녹음실 마이크 앞에 서는 장면, 그리고 「원스」에서 두 배우가 용감하게 악기 상점으로 들어가 기타와 피아노로 연주하는 장면을 떠올리곤 합니다, 저 자신의 경험보다 더 자주……

「베를린 천사의 시」(1987)와 「밀양」(2007)을 보았던 시간도 소중합니다. 「베를린 천사의 시」는 신의 목소리가 담긴 긴 시와도 같죠. 천사 다미엘이 빌딩 옥상에서 연민 가득한 눈동자로 도시를 내려다보는 장면과 공중 곡예사 마리온을 본 순간 흑백에서 컬러풀한 화면으로 바뀌는 장면, 인간이 되려는 이유를 동료 천사에게 고백하는 다미엘의 대사, "모든 전직 천사에게 바친다"는 영화가 끝난 뒤의 마지막 자막까지, 이 영화는 처음부터 끝까지 인간의 고통을 끌어안으려는 신(천사)의 시선으로 구성되어 있습니다. 반면 「밀양」은 인간과 신의 싸움을 담은 영화죠. 전도연 배우가 열연한 신애는 자신을 고통에 빠뜨린 사람(유괴범)과 싸우려 하지 않고 자신의 운명을 운영한다고 믿는 신과, 그야말로 처절하게 싸웁니다.

40대 이후의 저는 다미엘처럼 세상을 보려 했지만 번번이 실패했고, 신애처럼 무모하게 살지 않기 위해 발버둥 쳤으면서도 그렇게밖에는 살지 못하는 스스로를 발견하곤 했습니다. 다미엘과 신애, 두 인물은 저에게 영원히 풀리지 않을 숙제, 그러니까 인간은 무엇이고 신은 (혹은 이 세계는) 왜 인간에게 가혹한지에 대한 질문을 던져준 셈인데 아마도 제가 앞으로 쓰게 될 소설들에도 이 질문은 각각의 방식으로 녹아들게 되겠죠. 그리고, 더 더 많은 영화들…….

지금 저는 아직 보지 못한 영화들을 생각합니다.

이 글을 쓰고 나면 저는 또다시 좋은 영화들을 찾아다니겠지만, 남은 생이 유한하고 새로운 영화는 계속해서 만들어질 테니 보고 싶었다든지 봐야 한다고 생각했던 영화의 목록의 총량은 좀처럼 차감되지 않을 테지요.

그렇지만 '나는 지금 내가 마음에 든다'는 문장을 기억하라는 김성중 소설의 한 대목(「해마와 편도체」, 『에디 혹은 애슐리』 창비

2020)을 간직하고 있는 제게, 그 미지의 영화들은 미래의 현재, 아직은 다가오지 않은 그 시간을 살아가게 할 또 다른 희망이 되어줄 테지요.

감사합니다.

나의 영화들, 그 영화를 보았던 모든 장소들, 영화 상영 시간 동안 간혹 내 옆자리를 채워준 친구들 모두 감사합니다.

편지들의 집배원이자 우체국이었던 이하나 편집자님과 이지은 편집자님, 김수현 편집자님에게, 이 책에 또 다른 해진과 현을 등장시켜준 봉현 작가님에게, 미디어창비와 시요일, 그리고 제 미숙한 편지를 읽어줄 독자님에게, 마지막으로 친구이면서 한 시절의 극장이기도 한 김현 시인님에게 깊이 감사드립니다.

모모 님,

이제 우리 저마다의 삶이 영사되는 허공의 영화관에서 만나요. 티켓도, 팝콘과 콜라도, 스크린과 푹신한 의자도 필요 없는 그 영화관의 제 옆자리는 당신을 위해 비어 있을 것입니다.

2020년 겨울
조해진

동시 상영 중인

영 화 목 록

ㄱ

「가버나움」, 나딘 라바키, 2018   42, 50

「가을 햇살」, 오즈 야스지로, 1960   63

「가족의 탄생」, 김태용, 2006   57

「걷기왕」, 백승화, 2016   92, 98

「걸어도 걸어도」, 고레에다 히로카즈, 2008   63

「겨울 이야기」, 에리크 로메르, 1992   20, 23, 210

「경계선」, 알리 아바시, 2018   139

「고양이를 부탁해」, 정재은, 2001   69

「굿바이 마이 프렌드」, 피터 호턴, 1995   62

「그녀」, 스파이크 존즈, 2013   182

「기생충」, 봉준호, 2019   97~98

「까미유 끌로델」, 브뤼노 뒤몽, 2012   206

ㄴ

「나 홀로 집에」, 크리스 콜럼버스, 1990   62

「나, 다니엘 블레이크」, 켄 로치, 2016   90

「날씨의 아이」, 신카이 마코토, 2019   141

「남매의 여름밤」, 윤단비, 2019   210~211

「내 책상 위의 천사」, 제인 캠피언, 1991 206

「내일을 위한 시간」, 장피에르 다르덴, 뤼크 다르덴, 2014 85, 90

「노팅 힐」, 로저 미셸, 1999 56

ㄹ

「러브 액츄얼리」, 리처드 커티스, 2003 62

「러브레터」, 이와이 슌지, 1995 184

「레옹」, 뤼크 베송, 1994 172

「레이디 버드」, 그레타 거윅, 2017 127

「로마」, 알폰소 쿠아론, 2018 42, 44, 48~49

「로제타」, 장피에르 다르덴, 뤼크 다르덴, 1999 96, 103

ㅁ

「만추」, 김태용, 2010 70

「만춘」, 오즈 야스지로, 1949 63

「매트릭스」, 릴리 워쇼스키, 라나 워쇼스키, 1999 194

「모나리자 스마일」, 마이크 뉴웰, 2003 179

「미쓰백」, 이지원, 2017 170~172

「밀레니엄 맘보」, 허우샤오셴, 2001 70

「밀양」, 이창동, 2007   222~223

ㅂ
─────────────────────────────────────

「바닷마을 다이어리」, 고레에다 히로카즈, 2015   108

「벌새」, 김보라, 2018   126~127, 131, 173

「베니와 준」, 제러마이아 S. 체칙, 1993   221~222

「베로니카의 이중생활」, 크시슈토프 키에슬로프스키, 1991   70

「베를린 천사의 시」, 빔 벤더스, 1987   222

「보이후드」, 리처드 링클레이터, 2014   146

「봄날은 간다」, 허진호, 2001   56, 63

「블랙 스완」, 대런 애러노프스키, 2010   157

「비브르 사 비」, 장뤼크 고다르, 1962   173

「비정성시」, 허우샤오셴, 1989   185

ㅅ
─────────────────────────────────────

「사랑 후에 남겨진 것들」, 도리스 되리, 2008   167

「사랑니」, 정지우, 2005   70, 109

「사랑의 블랙홀」, 해럴드 라미스, 1993   145

「사울의 아들」, 라즐로 네메스, 2015   15

「생일」, 이종언, 2018   71~73, 77, 79

「셰이프 오브 워터: 사랑의 모양」, 기예르모 델 토로, 2017   37, 56

「쉬리」, 강제규, 1999   115

「시간을 달리는 소녀」, 호소다 마모루, 2006   145

「시네마 천국」, 주세페 토르나토레, 1988   82

「시애틀의 잠 못 이루는 밤」, 노라 에프론, 1993   190

ㅇ

「아녜스가 말하는 바르다」, 아녜스 바르다, 2019   103

「아비정전」, 왕가위, 1990   70

「아사코」, 하마구치 류스케, 2017   108

「아저씨」, 이정범, 2010   172

「애정만세」, 차이밍량, 1994   70

「야반가성」, 우인태, 1995   117

「어느 가족」, 고레에다 히로카즈, 2018   57

「어바웃 타임」, 리처드 커티스, 2013   145

「어웨이 프롬 허」, 세라 폴리, 2006   206

「언어의 정원」, 신카이 마코토, 2013   95

「업 클로즈 앤 퍼스널」, 존 애브넷, 1995   115

「여인의 향기」, 마틴 브레스트, 1993   90

「여자, 정혜」, 이윤기, 2004   109

「영주」, 차성덕, 2018   83

「오직 사랑하는 이들만이 살아남는다」, 짐 자무시, 2013   110, 146

「원스」, 존 카니, 2006   222

「윤희에게」, 임대형, 2019   183

「이른 봄」, 오즈 야스지로, 1956   63

「이터널 선샤인」, 미셸 공드리, 2004   70, 195~196, 198

「이티」, 스티븐 스필버그, 1982   57

「인 디 아일」, 토마스 슈투버, 2018   28, 30~31

「인어공주」, 박흥식, 2004   102

「일 포스티노」, 마이클 래드퍼드, 1994   102, 179

「일일시호일」, 오모리 다츠시, 2018   63

ㅈ

「잔 다르크의 수난」, 카를 테오도르 드레위에르, 1928   173

「잠수종과 나비」, 줄리언 슈나벨, 2007   91

「조용한 열정」, 테런스 데이비스, 2016   206

「조제, 호랑이 그리고 물고기들」, 이누도 잇신, 2003   91, 197

「죽은 시인의 사회」, 피터 위어, 1989   179

「진짜로 일어날지도 몰라 기적」, 고레에다 히로카즈, 2011   90

ㅊ

「친룡필부」, 전영상, 1994   117

「천장지구」, 진목승, 1990   63

「첫사랑」, 이명세, 1993   101

「청사」, 서극, 1993   117

「청춘 스케치」, 벤 스틸러, 1994   174

「초여름」, 오즈 야스지로, 1951   63

「칠판」, 사미라 마흐말바프, 2000   179

ㅋ

「캐롤」, 토드 헤인스, 2015   62

「콜 미 바이 유어 네임」, 루카 과다니노, 2017   62, 95

「클린」, 올리비에 아사야스, 2004   222

ㅌ

「타오르는 여인의 초상」, 셀린 시아마, 2019   173

「테스와 보낸 여름」, 스티븐 바우터로드, 2019   210~211, 218

「트리 오브 라이프」, 테런스 맬릭, 2011   146

ㅍ

「패딩턴」, 폴 킹, 2014   36, 41

「패왕별희 디 오리지널」, 첸카이거, 1993   157

「패터슨」, 짐 자무시, 2016   30

「폴란드로 간 아이들」, 추상미, 2018   13, 21, 24

ㅎ

「한공주」, 이수진, 2013   82~83

「행복한 라짜로」, 알리체 로르바케르, 2018   122

「환상의 빛」, 고레에다 히로카즈, 1995   70, 120

「황비홍-철계투오공」, 왕정, 1993   117

「흔적 없는 삶」, 데브라 그래닉, 2018   206

영화가 끝나고 도착한 편지들

당신의 자리는 비워둘게요

초판 1쇄 인쇄 2020년 12월 16일
초판 1쇄 발행 2020년 12월 28일

지은이 조해진 김현
펴낸이 강일우
본부장 윤동희
책임편집 김수현
디자인 장미혜
본문 일러스트 봉현

펴낸곳 ㈜미디어창비
등록 2009년 5월 14일
주소 04004 서울 마포구 월드컵로12길 7 창비서교빌딩
전화 02) 6949-0966   **팩시밀리** 0505-995-4000
홈페이지 books.mediachangbi.com
전자우편 mcb@changbi.com

ⓒ 조해진, 김현 2020
ISBN 979-11-91248-02-9 03810